ぼくたち やってない

東京・綾瀬母子強盗殺人事件

横川　和夫［編著］

追跡ルポルタージュ
シリーズ「少年たちの未来」
3

駒草出版

まえがき

新自由主義による規制緩和、競争至上主義が日本社会では貧富の格差拡大を生み、一番被害を受けているのが経済的に貧しい家庭の子どもたちである。

経済的な貧しさは親たちを過酷な共働きなどに追い込み、さまざまな悪条件が積み重なると、子どもたちの学力低下につながっていく。

家庭の貧富の差が、子どもの学校の成績にも反映するほど、学習塾や進学塾に通わせる経済力がないと、子どもの多くは落ちこぼされてしまう。

家庭や学校で居場所を失った子どもたちのなかには不登校や中退に追い込まれていく場合もある。

この『ぼくたちやってない』に登場する三人の少年たちも、学校でいじめられて登校拒否となり、中学卒業後も父子家庭の家をたまり場にして過ごしていた。

たまたま近くのマンションで白昼、母子強盗殺人事件が起きた時、テレビに出たい一心から、三人が現場に出かけていく。そして一人が聞き込み捜査中の刑事に「屋上で若い男の人が立って懐中電灯をぐるぐる回していた」と、ウソの証言をしてしまった。

捜査が行き詰まったとき、このウソの証言を手掛かりに再捜査が進められた。

捜査本部は、口蓋裂傷で言葉が良く聞き取れないためにいじめられ、強い者には迎合することで自分を守ってきた少年を威圧してウソの自供に追い込み、これを手掛かりに他の二人も無理やり自供させていく。

不思議なことに、この少年たちは『かげろうの家』で取り上げた女子高生コンクリート詰め殺人事件で逮捕された四人の少年たちと同じ中学校に通い、いじめや教師からの体罰で登校拒否を起こしていたのである。

「同じ中学校の生徒たちが、なぜ事件を」という疑問が、私たちの取材の出発点であった。

取材を進めていくうちに、少年たちの自供は捜査本部がでっち上げたものだと見抜き、最初の弁護士まで解任して、警察と闘う父親たちの姿が見えてきた。

その父親たちの正義感に動かされた「子どもの人権弁護団」の九人の弁護士たちが立ち上がり、少年たちのアリバイ探しに奔走する。

少年たちの自供に基づいて捜査本部が押収したとされる証拠品は、すべて捜査本部がウソの自供をさせて、でっち上げたものだった。

少年の母親が身に付けていたブローチは、被害者の家から少年が盗んできたものだという供述調書のウソを見抜き、少年がバイト先で社員旅行の際、買ってプレゼントしたものであることを弁護士たちは旅行先まで行って突き止めた。

結果は、三カ月後に家庭裁判所は、少年たちにアリバイがあり、自供に信用性があるとは言えないとして無罪に当たる不処分の決定を出したのである。

ほどなく警視庁は捜査本部を解散した。責任者である捜査一課長は処分を受けることなく栄転し、真犯人探しはされていない。

改めて読み直して痛感させられたのは、密室での取り調べがいかにえん罪の温床になっているかである。それが精神的に未熟な少年であればあるほど簡単に自供させられてしまう。

主犯格とされ、最初にウソの自供をさせられた少年が受けた取り調べの状況は、密室での取り調べの恐ろしさ、怖さを浮き彫りにしている。

三人の刑事が交代で厳しく自供を迫ってくる。

「屋上で懐中電灯をぐるぐる回している若い男の姿を見たというのは、テレビに映りたかったからで、ウソを言った」と少年は説明するが、そのたびに刑事は「ウソをつくのが犯人だ」「早く認めろ」と、攻めたてる。

耳元に口を寄せて大声で「ウソをつくな」と刑事に怒鳴られる。

「やってません」と否認すると、刑事は髪をわしづかみにして、机の上に出した被害者の顔写真に無理やり顔を押し付けて「謝れ」「謝れ」と、ジャンパーの両肩を激しく揺する。

次の日も取り調べ室で、朝から同じような取り調べが続けられた。

「やってない」「殺してません」「そのときは家にいました」と、否認するたびに顔を殴られ、頭を壁にぶつけられた。

こんな取り調べが一日中続くと、少年はもうどうにでもなれといった自暴自棄の心境に陥ってくる。そこを刑事たちは見逃さない。

「逮捕状を見せないと分からないのか」と、刑事の一人がズボンのポケットから一枚の紙を出して、少年の顔の前に突き出した。

「強盗殺人容疑で」と書いてあった。

「お前、認めるか」という声に少年は「もうどうでもいい」と思って、「はい」と答えてしまうのだった。

あれから二〇余年がたった。

密室の過酷な取り調べでウソの自供をさせたえん罪事件は後を絶たない。

栃木県足利市で起きた女児殺害事件、厚生労働省の元局長、村木厚子さんが逮捕された障害者郵便制度証拠改ざん事件、ネパール人が逮捕された東電ＯＬ殺人事件……。

検察の信頼は地に落ち、えん罪が明らかになるたびに取り調べの全過程での可視化の問題がクローズアップされている。

国連の国際人権（自由権）規約委員会は、日本における被疑者の取り調べ制度の問題を指摘し、被疑者の取り調べが厳格に監視され、電気的手段により、記録されるように勧告している。

英国、オーストラリア、韓国、香港、台湾、米国の多くの州では、取り調べの録画や録音を義務付ける改革が行われている。

日本でも取り調べの一部を録画、録音する試行を始めているが、一部の録画、録音では、ウソの自白があたかも任意の自白に見えるという批判もあり、全過程の可視化が必要であることは言うまでもない。

特に精神的に未熟な少年事件のえん罪を防止するためには、成人以上に取り調べの全過程の可視化が求められている。

全過程の可視化を実現するためにも、この『ぼくたちやってない』を読むことで、密室での取り調べがいかに非人道的で、残酷なものであるかを知ってほしいと思う。

〔注〕

本書に登場する人物は「子どもの人権弁護団」と一部弁護士以外はすべて仮名である。年齢はすべて逮捕当時に統一した。引用した捜査資料は読みやすくするため、一部変えたところもある。

ぼくたちやってない──東京・綾瀬母子強盗殺人事件──●目次

第3章　九人の弁護士

第4章　代用監獄の密室で

第7章　問われる人権意識

第1章　ある日、突然、登校拒否生徒が

白昼の惨劇

一九八八年十一月十六日のことである。

大手信託銀行でコンピューターソフトのシステム開発を担当する志田広樹が、ＪＲ常磐線綾瀬駅に着いたのは午後十時四十分ごろ。

ホームから階段を降りて東口の改札口を抜けると、駅の公衆電話から自宅に電話を入れた。呼び出しコールは鳴っているのに、どうしたわけか、だれも出てこない。

「寝てるのかな」と思いながら、だれか出てくるのを待った。

三十六歳。国立大学を卒業して入社、二年半ほど神戸支店に勤務したあと、東京の青山にあるシステム本部に転勤となり、五年前に調査役（課長代理）に昇進、職場では証券チームに所属していた。

この日は仕事が終わると、家には帰らず、職場のある青山から地下鉄で日比谷に出た。前に会社が安く斡旋してくれた映画「敦煌」の観賞券が四枚あったので、部下の女性三人を誘ったのだった。

大掛かりな中国ロケで話題になった井上靖原作の「敦煌」が終わったのは午後九時すぎ。志田は、映画館のある地下二階のレストランで、部下の女性たちと一時間ほどワインとサラダの軽い食事をしたあと、帰宅の方向がそれぞれ違う三人と別れた。

地下鉄千代田線日比谷駅で、帰宅時間を妻の幸江に知らせようと思ったが、あいにく公衆電話の前には人が並んでいたので、かけるのをあきらめ、電車にそのまま乗った。

志田が埼玉県川口市から現在住んでいる綾瀬に引っ越してきたのは十年前。

それまでの綾瀬一帯は、東京とはいうものの、水田がところどころに見られる都内でも開発の遅れた地域だった。ところが、ＪＲ常磐線と地下鉄千代田線が乗り入れる綾瀬駅が七一年に開業して、周囲の風景は一変した。

都心まで電車で二、三十分という通勤の便利さが人気を呼んで急激な宅地化が進んだ。

高度経済成長を支えたサラリーマンとその家族が続々と流れこみ、小さな建て売り住宅とマンションが建つベッドタウンに変身するのにそう時間はかからなかった。

それまで賃貸マンションに住んでいた志田は、分譲マンションを申しこんだところ運良く当選、二千五百八十万円で購入した。

駅の公衆電話から十回ほどコールをしたが、だれも出てこないので、あきらめた志田は受話器を置くと駅の南側に出た。

駅前に大手のスーパーやファッションビルがある、はなやかな北口とは違い、パチンコ屋や飲み屋の並ぶ小さな繁華街を抜けると、すぐに常磐線のガードと交差する都道にぶつかる。そこを渡ってしばらく行ったところに、志田のマンションはあった。

大人の足で駅まで七、八分の距離。南側が小さな公園で、周りには大きな建物といえばこのマンションぐらいしかなかった。

一階からエレベーターで最上階の五階まで昇って降りると、廊下の南端にある自宅まではだれとも顔を合わせなかった。

朝出勤したときと同じように、長女の三輪車が玄関の脇に置かれてあった。

ドアの新聞受けには夕刊が差しこまれたままになっていた。一瞬「おやっ」と思った。新聞を取りだしながら、左壁のインターホンを一回押した。しばらく待っても応答がない。仕方なく自分でカギを回すと、「カチャッ」という音がして逆に閉まってしまった。

玄関のドアは最初からカギがかかっていなかったのだ。

「先に寝ていることはあっても、カギをかけ忘れたことは、いままで一度もなかったのに。どうしたのかな？」

おかしなことがあるものだと思いながら、志田は改めてカギを開けなおして玄関を入ると、室内は真っ暗。いつもはフックしてあるドアチェーンも、外れて垂れ下がっていた。

志田が家族の異変に気づいたのは、それから間もなくのことだ。

台所の電気のスイッチをつけて、奥のリビングまでまっすぐ歩いていくと、ベランダに面した左側の六畳寝室で長男が横になっているのを見つけた。

ばんざいをした格好で両腕を伸ばし、あお向けに寝ているように見えた。夜だというのに、パジャマにも着替えず、黒のトレーナーとジーンズの半ズボンのままだった。

七歳の真は、四月に地元の小学校に入学したばかり。

「じょうぶなからだに育つように」という教育方針から、四歳のときからスイミング教室に通わせていた。この日の午後も学校から帰ると、母親が付き添って練習に出かけていたはずだ。

「真君、どうしたの」

志田は長男に声をかけてみた。返事はなかった。横に座って、顔や腕、足も揺すったりしてみたが、やはり反応はない。

様子がおかしいので不安になった志田は、こんどは真の足をまたぐようにして立つと、角度を変えて、真の顔にじっと目を凝らした。

台所の電気だけで、ほの暗い部屋だったが、口の両側から血の流れた跡があるのがはっきりとわかった。

「真は殺されている」

志田は瞬間的に思った。

真は目を閉じ、口は半開き加減だった。顔は青くこわばり、手に触れると冷たかった。

「朋ちゃんはどうしたんだろう」

四歳になる長女の朋子を探すと、真とは反対側のタンスの下にいた。布団にうつぶせになって、うずくまるような格好だった。駆け寄って背中や足をさわると冷たく感じたので、そのときは

「朋ちゃんも殺されたのだ」と思った。

志田の家では、毎朝七時になると家族全員が食卓につくのが習慣になっていた。この朝も、妻の幸江がつくったパンとスクランブルエッグ、それに牛乳の朝食を四人でそろって食べた。いつもと変わらぬ朝食風景だった。

「真も朋子も元気に食べていた。ママも玄関から手を振って見送ってくれたじゃないか」

「いったい何が起きたんだ」

突然目の前に現れた光景が、志田にはまだ信じられなかった。それでも動転する気持ちをなんとか押さえるようにして、妻の幸江の姿を探した。

幸江は寝室の隣り、ピアノがある四畳半和室で倒れていた。足をピアノに向け、うつぶせになっていた。頭の傷からは血が流れ、首に巻かれた白いタオルが赤く染まっていた。

「首を絞められて殺されたんだ」

志田は、そう直感した。

そして、幸江の肩越しに顔をのぞきこむと、口と鼻の周りにも血がこびりついているのが見えた。顔は土気色に変わっていた。

「ママ、どうしたの」と呼んでみたが、もちろん答えがあるはずもない。からだを揺さぶってみたが、こわばっていて冷たかった。

犯人は逃げないようにしたのか、幸江の手は白いビニールひもで後ろ手に縛られ、足首もメジャーでぐるぐる巻きにされていた。

志田は寝室の真のところに戻った。真も首を絞めて殺されたのではないかという思いがよぎったからだ。

肩を持ちあげるようにしてよく見ると、案の定、ひもは巻きついていなかったが、首を絞めたとみられる紫色の帯状の跡がくっきりと残っていた。

志田は真と幸江のあいだを二、三回行ったり来たりした。幸江のところに行ったとき、首に巻かれていたタオルを外してやると、畳の上に細くたたんで置いた。

無事だったダウン症の娘

幸江は神戸支店で働いていた。志田は仕事熱心なうえ、明るくやさしい彼女に一目ぼれした。同じ年の幸江と三年間の愛を実らせて結婚したのは一九八〇年夏、二人が二十八歳のときだ。志田は東京に転勤となっていたので、新婚生活は、幸江の叔父が経営する埼玉県内の賃貸マンションでスタートした。

翌年、真が誕生すると志田は将来のことを考え、分譲マンションを購入、三年後には妹の朋子も生まれた。

「どこまでも幸せな家庭が続いていく」

そんな思いでいた志田に、悲劇は唐突なかたちで訪れたのだ。

廊下のサイドボードの上にあった電話で一一〇番して、警察に事件を伝えると、志田は夢遊病者のように外へ飛びだした。幸江と親しかった隣りの主婦、前川栄子に助けを求めた。

そのとき、隣家の栄子は夫とリビングで雑談していた。午後十一時前、インターホンがなったので出てみると、志田の声がした。

「たいへんなんです。たいへんなんです。たいへんなことが起きたんです」

栄子は、幸江と同じ生協の会員だった。

事件のあった十六日は水曜日で、毎週一回の生協の出張販売日になっていた。午後零時半ごろ、販売場所になっていたマンション一階の別の会員の部屋に行くと、ちょうど幸江も一人で買いものに来ていた。別に変わったところもなかったので、朋子の具合でも悪くなったのかと思った。

玄関を開けると、スーツ姿の志田が立っていた。

「女房と子どもが殺されているんだ」

栄子の顔を見るなり一人でまくしたてた。そして、栄子が言葉をかける暇もなく、小走りに部屋に帰ってしまった。

志田が自宅に戻ってすぐに思いがけないことが起きた。葛飾区内に住む叔父に電話で連絡しているとき、殺されたとばかり思いこんでいた朋子が起きだしてきたのだ。

「朋ちゃん無事だったのか」

志田は思わず叫んだ。朋子も父親を見つけると、飛びついてきた。

「朋ちゃんは、幸江と真が殺されたのを見ていたのだろうか」

志田は、惨殺の光景を思うと、胸が張り裂けそうだった。怖かったのだろう。父親の腕のなかで小さなからだを震わせている朋子を見て、しっかりと抱き締めずにはいられなかった。

朋子はダウン症で、日常生活で接触している家族や隣近所の人の顔ぐらいしか見分けることができなかった。

志田を追うようにして部屋に入った隣りの主婦、栄子は、幸江と真が倒れているのを見ると、救急車を呼ぼうと電話をかけにあわてて引き返した。

入れ代わりに入ってきたのが綾瀬警察署の竹田俊夫警部補ほか二人の警察官だった。時間は午後十時五十八分、一一〇番通報から五分後である。

竹田警部補が玄関で靴を脱ぎ、部屋に入ると、志田は右腕で朋子を抱いて、電話でまだ叔父に事件の説明をしている最中だった。

すぐ左の子ども部屋は、子どもが遊んだまま、後片づけをしていなかったらしくプラスチックのオモチャが散らかっていた。

幸江が倒れていた四畳半の和室では、部屋のまんなかの畳に、こぶし大の血痕が付着しているのが見えた。ピアノの横にあった整理ダンスは、引き出しがどれも開けられ、衣類や小物が畳に散乱していた。

「奥さんと子どもさんのからだに触れたり動かしていませんね」

竹田警部補は志田に尋ねた。

「なにを言ってるんだ、触ったよ。あたりまえじゃないか。子どもまで殺されてるんだぞ」

興奮した志田は、大声で竹田警部補に詰め寄った。そのまま、また幸江のところに行こうとしたが、竹田警部補に「証拠が散逸する恐れがあるから」と、朋子といっしょに部屋を出されてしまった。

竹田警部補の指示で、志田は隣りの栄子の家に行くと、栄子が気を利かしてコップに牛乳を半分と食パン一枚を朋子に出してくれた。おなかがすいていたのか、朋子はそれを全部食べてしまった。

いつもなら静かなはずの深夜のマンションは、警視庁から殺人事件を担当する捜査一課や鑑識課の捜査員が到着、現場検証や聞き込みが始まり、騒然とした雰囲気となった。

警視庁が、綾瀬署に「綾瀬マンション内母子強盗殺人事件特別捜査本部」を置いたのは、日付が替わった翌十七日の未明のことである。

自供したと発表

「犯人が捕まんないんですけど、協力してくださいよ」

突然、綾瀬署の捜査本部の刑事が武志の家を訪ねてきたのは事件から二カ月後。一九八九年一月二十一日のことだ。

志田幸江と長男の真が、マンションの自室で殺された母子強盗殺人事件で、武志に話が聞きたいというのだ。

中学三年の武志は、約一年前から登校拒否を起こして学校に行かなくなり、友だちの彰の家をたまり場にして遊んでいた。

「事件が起きた次の日の夕方、武志がテレビのニュースを見て〝あそこ知ってる、前に住んでたとこだから〟って言うから、〝おまえ行っちゃいけないよ、学校休んでるんだから〟って注意したんだ。ところが〝ピース、ピース〟ってやってテレビに映してもらいたかったんだね。自転車で現場に行って〝オレ犯人見たよ〟って私服の刑事に言ったらしい。それで刑事が調べにきたんだ」

武志の父親、吾郎は、当時の状況をふり返った。

「行ったらだめだ」という父親の忠告を無視して、武志は事件の二日後、登校拒否仲間で同じ中学三年の彰と光次を誘って、マンションの現場まで自転車で出かけたのだ。

三人がいつもたまり場にしている彰のアパートから現場までは、自転車なら十分もあれば着いてしまう。

「ちょっと話を聞かせてもらえないか」

三人が志田の部屋のベランダが見えるマンション西側の道路を自転車で走っていると、聞き込み中の刑事に呼び止められた。

「きみたち、事件のあった十一月十六日、この付近を通らなかったか」

「夕方、午後六時ごろ買いものに行くのに自転車で通ったよ」

先頭にいた武志が答えた。彰と光次は自転車から降りると黙ったまま、少し離れて立っていた。

「屋上で若い男の人が立って、西のほうを見ながら懐中電灯をぐるぐる回してたよ」

「だれかに合図してるのかと思った。五分間ぐらい自転車を止めて見ていたので、上が黒いジャンパーで、下が青いジーパンをはいていたのがよくわかったよ」

武志はスラスラと説明した。だが、その話は、注目されたい、なにか言えばテレビに映してもらえるという期待からの出まかせだった。

そんなこととは知らない刑事は、話を聞き終わると武志の証言を捜査本部に報告するため近くの公衆電話に走った。

武志にとっては軽い冗談のつもりだったこの証言が、三人の少年が母子強盗殺人事件の犯人に仕立てあげられる糸口になるとは、知る由もなかった。

三人の中学生に容疑

綾瀬署の捜査本部は、事件発生の翌日から、捜査員五十人を投入、本格的な聞き込み捜査をはじめていた。

司法解剖の結果、幸江と真の死亡推定時間は十六日の午後二時から四時ごろのあいだ。白昼の惨劇だった。

この日は水曜日で午後、真のスイミング教室があった。午後二時三十分、送迎バスがマンションの前に止まったが、どうしたわけか真と幸江の姿はなかった。

真がＪＲ綾瀬駅近くの小学校を出たのは午後一時三十分。学校の通用門のところで担任教師と別れて下校した。母親の幸江は、マンションと百メートル離れていないスーパーで買いものをすませると、午後二時ごろ店を出ている。二人は送迎バスに十分間に合う時間に自宅に戻っていたはずだ。

バスの運転手は、しばらく二人を待ったが「今日は休むのだろう」と別の一組の母子を乗せると出発した。このあと、真がスイミング教室を休んだのを心配した同級生の母親が、午後二時四十五分、午後四時、午後四時四十五分の三回、真の家に電話をしたがだれも応答しなかった。

犯行の前後、志田の部屋を訪ねた人物はいなかったか。不審な男がマンションのなかをうろついていなかったか。

目撃者の発見や事件に結びつく情報を一つでも多く入手しようと、捜査員はローラーをかけるようにマンション周辺の聞き込みを続けた。その数は二千世帯、二千八百人を超えた。

捜査本部は、殺された幸江や真に恨みを持つ者による犯行の可能性も捨てられないと、捜査の対象を真の学校関係者や幸江の友人、そして身内にまで広げたが、有力な手掛かりは得られなかった。

事件から二カ月、捜査は暗礁に乗りあげた。犯人に結びつく糸口をなんとか見つけだそうと、あせりの色がみえはじめた捜査本部は、最初からもう一度、証言を洗いなおすことにした。

そこで、改めて注目されたのが数少ない手掛かりの一つで、「事件当日、現場で不審な男を見た」という武志の目撃証言だった。

年明け早々、刑事が武志をわざわざ自宅まで訪ねてきた理由も、ここにある。

次に刑事が事件の話を聞きにきたのは、それから九日後の一月三十日。武志は、彰の部屋で遊んでいた。

「被害者の親子のことで何か知ってるかい」

「小学六年のとき、真君と野球をしていっしょに遊んだことがある。家にも二、三回上がって、おばさんから、お菓子やジュースをごちそうになったよ。おばさんは人を笑わせるおもしろい人で、真君はおとなしい子だった」

捜査本部は、「屋上で懐中電灯をふり回す不審な男を見た」という武志の「目撃証言」の裏づけがとれず、疑問を持ちはじめていた。

そこへ、武志が、中学二年の八月まで現場のマンション近くに住んでいて、被害者の親子とも面識があった、という証言が飛びだしたのだ。

それだけではない。実はこのころ、幸江と真が殺されたのが白昼とあって、捜査対象に昼間は学校に行ってないので、アリバイが立ちにくい登校拒否の少年たちが浮上していた。

捜査本部が周辺の中学校に照会したところ、事件当日に学校を休んだ生徒は十八人いた。

武志をはじめ彰も光次も、もちろんこのなかにいた。しかも三人は「アリバイがあいまい」と継続捜査になっていた。

うその目撃証言、被害者との面識、そしてあいまいなアリバイ。武志にしてみれば、それぞれがつながりのない三つの事実が偶然に積み重なったにすぎない。

だが刑事の目には「偶然の一致」では、すまなかった。手詰まり状態の捜査本部は、この日の聞き込みから、武志への疑惑をにわかにふくらませたのである。

二月に入ってから二日、三日、六日、九日と、刑事は連日のように武志のところにやってきた。「真とどうして遊ぶようになったのか」「真のマンションではなにをしたのか」「事件の日はどこにいたのか」

刑事はしつこく聞いた。

武志の指紋を採らせてほしいと、刑事が頼みにきたのは、二月九日の夜だ。

被害者の部屋に、まだだれのかわからない指紋が三十個ぐらい残っているので念のため調べたい、というのだ。

仕事から帰っていた父親の吾郎が、応対に出た。

「武志が遊びにいったのは、三年も前の話で、指紋も残ってないだろうから必要ないんじゃないの。強制でやるならそれなりのものを持ってこいよ」

武志が疑われていると思うと、吾郎は腹が立った。武志の父親に指紋採取を断られた刑事は、その日は引きあげた。

しかし、一カ月後、刑事は吾郎の会社にまで押しかけてきて、指紋採取を頼んだ。

このときも、吾郎は断っている。

それから一カ月、刑事は来なかったので事件のことはもう済んだと、吾郎はすっかり安心していたが、事態はとんでもない方向に進んでいたのだ。

「親に言うな」と警察が口止め

四月二十五日の午前三時。吾郎は、彰の父親、順一からの電話でたたき起こされた。彰は息子の友だちで、事件現場にもいっしょに出かけていた。

中学校を卒業した武志は、彰が働いている同じ塗装店でアルバイトをしていた。

「おたくの息子帰ってきてるの？　うちの子はいままで警察にいて、いま、帰ってきたよ」

「いや、うちの武志は、きのうの夜十一時に帰ってきた。青白い顔して何も言わない。徳田さんに呼ばれて出かけたから、酒でも飲まされたと思った。〝明日話を聞くから早く寝ろ〟と寝かしたんだ」

「いやたいへんなんだよ。警察で午前二時半まで調べられたらしい。彰は〝自分の言ったことを信用してくれない。もう警察に行くのはいやだ〟と言ってるんだ」

順一の話では、前の日の二十四日午前九時ごろ、塗装店のアルバイトを紹介してくれた徳田昌平から電話があって、彰が武志を誘って徳田の家に遊びに出かけた。

順一は夜八時に仕事から帰ってきたが、彰はまだ帰ってきていなかった。

徳田のところに電話をすると奥さんが出て「夫と外へ出かけた」と言う。

その後も何度か電話したが、同じ答えが返ってくるだけだった。

「徳田といっしょなら、まちがいはないだろう」と思ってはみたが、夜中の十二時を回っても彰は帰ってこない。

心配して待っていると、午前二時十五分ごろ、突然、警察から「ちょっと事情聞きましたが、いまから帰します」と電話があったというのだ。

武志と彰は、徳田の家から刑事に車で綾瀬署に連れていかれ、そのまま夜中まで取り調べを受けていたのだった。

あとでわかったことだが、二人を呼びだした徳田は、警察から「親には言うな」とクギをさされていたので、順一にほんとうのことが言えないでいた。

「冗談じゃねえ」

武志と彰が警察で調べられていたことがわかると、吾郎はただちに行動に移った。順一の運転する車で綾瀬署へすっ飛んだ。

「午前二時半まで十四時間も事情聴取したのはどういうわけだッ」

深夜、がらんとした綾瀬署の受付で、当直の警察官に二人は抗議した。

ところが、当直主任の腕章をつけた警察官は「警視庁の特捜が自信を持ってやってるんだから、だれが何と言ってもしょうがない」と相手にしてくれない。

受付のカウンター越しに、二人の父親は警察官と一時間近く押し問答をくり返したが、ラチはあかなかった。

「未成年を取り調べるのに、親に知らせないバカがあるか」

当直主任に抗議して、二人は午前四時ごろ仕方がなく引き揚げて帰ってきた。

「朝、武志に話を聞いたら〝警察に無理やりひっぱたかれたり、定規でたたかれたりして、なに言ったか覚えてない〟って言うんだよ」

これから逮捕状を執行する

朝八時すぎ、出勤のため家を出た長男の知之が外から電話してきた。

「刑事みたいのが家の前で張り込んでるよ」

吾郎が表に飛びだすと、近くの駐車場に止めた白い車に刑事が三人乗っていた。車のシートには毛布がたたんであった。

「うちの子にずいぶん暴力を振るって、いろいろ聞いたっていうじゃないか」

その場に、彰の父親、順一も呼んで、二人で刑事を問い詰めた。

「担当じゃないからわかりません、ちょっとこのへんで事件があったんで」

最初のうちはとぼけていたが、午前九時に綾瀬署で武志と彰から話を聞く約束になっていることを、刑事はしぶしぶ認めた。

綾瀬署に電話をかけると刑事課長が出た。

「親に内緒でそんなことやっていいのか」

「連絡しないのは悪かった。きょうは一時間か二時間ですむので」

そんなやりとりをしたあと、「きのうみたいなやり方じゃいやだ」という武志に、吾郎はやってないことは〝やってない〟と言えばすぐ帰してくれる」と励まして送りだした。

こうして武志と彰の二人は、車で綾瀬署に連れていかれた。

ちょうど同じ時刻、登校拒否仲間だった光次の仕事先にも刑事が姿を見せていた。

中学を卒業すると、光次は親元を離れて栃木県内にある叔父のクリーニング工場で働いていた。

光次は、一月の中旬に、刑事が一度自宅に訪ねてきて、登校拒否のことや事件当日のことを二十分ぐらい聞かれたことがあった。

「〝事件当日、学校を休んだ生徒の家を全部訪ねて、その日何してたか聞いてる〟と言われ、気にもしてなかった。〝また事件できみの名前が出た。警察でくわしい話を聞かせてほしい〟って言われて……」

光次を乗せた警察の車は、東北自動車道に入ると、スピードを上げた。

車のなかでは黙って外の景色を見ていたが、「名前が出た」と言われたので、最初のうちは不安だった。

「でも、事件に関係あるとすれば事件の二日後、武志と彰と現場に行ったんで、そのことを話せば帰れる」と光次は自分に言い聞かせていた。

一方、武志の父親吾郎は約束の時間がたっても、武志が綾瀬署に行ったきり帰ってこないので不安になっていた。

綾瀬署に問いあわせても、「話を聞いてる。もうちょっと時間を貸してください」とくり返すだけだ。

夜になり、午後十時に電話した。

「いきなり〝本人が自供しました。これから逮捕状を執行します〟って言うじゃない。とんでもねえことになったって、彰の親父と二人で綾瀬署に車で駆けつけたんだ。そしたら〝これから新聞発表するから、あんた方、ここにいたらマスコミに捕まるよ〟って追い返されてしまったんだ」

吾郎はこのとき、武志と彰のほかに光次もいっしょに逮捕されたことを知った。

翌日の新聞を見ると、「母子強盗殺人事件で少年三人を逮捕」という見出しの記事には、武志と光次がマンションの部屋に入り、まず真を、続いて母親の幸江を殺害して現金を奪って逃げた。犯行のあいだ、彰はマンションの入り口で見張りをしていたということになっていた。

吾郎にしてみれば、降ってわいたような逮捕だった。

「自分の息子が、金ほしさに七歳の小さな子どもとその母親を殺すなんて」

息子が凶悪犯だとは、どうしても信じることができなかった。

「家にいるときや、休みのときは子どもと遊んでいるし、食事もできるだけいっしょにしている。だから息子がほんとにやったら人間変わっちゃうし、すぐ気がつきますよ。それがまったく変わっていないんだからね」

ともすると学校の教師や警察官など権力に対して迎合的な態度をとりがちな親とちがって、吾郎は息子に対しては絶対的な信頼感を抱いていた。

「息子はやっていない」

考えに考えたあげく行動を起こすことにした。三人が逮捕されて三日後の四月二十八日、吾郎は足立区役所の区会議員の法律相談室を訪ねた。

「お金はいくらかかってもいいから〝弁護士を頼もう〟ってわけで、新聞を見たら法律相談の案内があったんで、彰の親父と区役所に行ったんだ。その日は町田弁護士が担当で、話をしたら〝明日は少年専門の弁護士が来て相談の日をもうけます〟って。それで〝お願いします〟って二人で頭下げて帰ってきた」

ところが次の日の夜、町田弁護士から直接吾郎の自宅に電話がかかってきた。

「私がやります。手続きをとるため綾瀬署に行きますから」

弁護士も見つかり、これからが警察との闘いだと思っていた矢先、町田弁護士から予期せぬ電話が入った。四月三十日の夜だった。

「武志君と面会したんですが〝三人でやった〟と逮捕事実を認めているんですよ。うそをついてる顔には見えませんでした」

第２章　学校からはじかれて

添い寝する子ぼんのうな父

事件の主犯格にされた武志の父親、吾郎は、戦後間もない一九四六年、東北地方の農家に生まれた。

雪が一晩に二メートルも三メートルも降り積もる豪雪地帯だ。冬、小学校に通うのに、雪のなかを三時間も四時間も歩かなければならなかった。

「学校に出かけるとき、お袋が〝飲んでけや〟って、鉄ナベで温めているドブロクをオチョコで二杯ぐらい飲ましてくれるんです。学校に着くまで、からだがポッポあったかくなって、寒さをしのげるんじゃないかと。親の代から教わったんじゃないのかな」

一九六二年、吾郎は中学を卒業すると集団就職で上京した。

当時の日本列島は、二年前の六月には岸内閣が、日米安全保障条約の撤廃を求める国民の声を押し切り、安保条約改訂にこぎ着けた。そして七月には「所得倍増計画」をスローガンにかかげた池田内閣が誕生。戦後社会は「政治の季節」から「経済の季節」へと大きくカーブを切る。

「岩戸景気」と呼ばれた大型景気をバックに、重化学工業を中心に空前の設備投資ブームにわき、日本列島の経済地図は大きく塗り変わっていった。

日本は、高度経済成長時代の入り口に立っていたのである。

その原動力となったのが、当時「金の卵」と、もてはやされた吾郎たちのような農村出身の若者たちだった。

吾郎の卒業した中学でも、高校に進学できたのはクラスで一人か二人。農家の跡継ぎを除くと、あとは集団就職で故郷をあとにした。

吾郎が中学の教師に引率されて、夜行列車で上野駅に着いたのは、そんな時代だった。

吾郎の職場は北区赤羽にあったゴムメーカーの工場。生ゴムから輪ゴムや雨合羽をつくるのが仕事だった。

「寮の部屋は三年先輩、二年先輩、一年先輩と新入社員がいっしょ。だから厳しいよね。新人は何でもさせられて、先輩の布団の上げ下げから、風呂で背中流したり。娯楽室のテレビでも先輩たちがダーッと前に座って、新人は後ろで立って見てる。ぼくら戦争体験ないけど、あんな感じなんだろうね」

寮の雰囲気がいやで、工場は三年でやめた。

吾郎は出勤前に、工場の横にある牛乳屋で牛乳配達のアルバイトをしていたが、そこの主人の勧めもあって、思いきって店を出すことにしたのだ。

「白い牛乳は都会の味って感じがしてね、牛乳屋にあこがれていたんだね」

店は牛乳屋の主人との共同経営だった。

「苦労したから、とにかく自分一人で商売をやりたかった」という吾郎は、独立の資金稼ぎに牛乳屋のかたわら、大型トラックを借りて、新聞配送の仕事もはじめた。

「朝四時ごろから九時まで牛乳配達をするでしょ。昼寝して、夕方三時ごろ新聞社に行って、二、三時間で販売店を回って夕刊を配る。六時半ごろ帰って、夜はまた十時に朝刊。四時間ぐらいで終わると、そのまま牛乳配達をやる」

昼夜の別なく忙しく働きまわる生活のなかで、吾郎が妻の玉枝と結婚したのは一九六八年。吾郎が二十一歳、玉枝が十八歳の若いカップルだった。

玉枝は牛乳配達先の家の娘で、玉枝の父親が吾郎の真面目さを見こんでの結婚だった。

「牛乳屋と新聞配送を二年間ぐらい続けたかな。スーパーマーケットができて、紙パック牛乳を安売りするんで、牛乳屋が危なくなってね。やめたんだ。しばらくは新聞一本でやってたんだけど、義兄からガスやらないかって誘われて」

独立して牛乳屋をやりたいという吾郎の夢は、大量消費時代の幕開けを告げるスーパーの進出で、はかなくも消えた。

そして転職したのが、義兄と同じ運送会社の運転手。家庭用のプロパンガスやタクシー燃料のLPガスを、タンクローリー車で運ぶ仕事である。

武志が、自宅に近い葛飾区内の病院で生まれたのは、吾郎が運送会社に移って一年、一九七三年の四月だった。二歳年上の兄がいた。

吾郎は仕事から帰ると、幼い兄弟に添い寝して、桃太郎の昔話を聞かせてやる子ぼんのうな父親だった。

いじめの標的に

武志が三歳のとき、弟が生まれた。

武志の小学校時代は、運動が得意なスポーツ少年で、徒競争はいつもクラスで一番だった。しかし、気の弱いところがあり、友だちも限られていた。

五年ごろからはサッカーや野球に熱中したが、学校から帰ると、公園に年下の子どもたちを集めてはリーダーになって遊んだ。

上級生や同級生といっしょにいることはほとんどなかった。

幼稚園に入園前の真が母親の幸江といっしょに遊びにきていることもあった。

「真君は小さいのに〝入れて、入れて〟と割りこんでくるんだ。〝小さいから入れないよ〟って言っても帰らないんで、一度だけ野球に入れてやった。でも、打てないんで、すぐやめちゃった。小さいのに大きい子と遊びたがる子だなと思った」と武志。

一九八六年四月、地元の中学に入学する。

成績は小学校より落ちたが、卓球部に入り、クラブ活動で元気に頑張っていた。

そんな武志が、突然、学校に行くのをいやがるようになったのは、二年の九月からだ。

その一カ月前、住んでいた家が取り壊されることになり、武志は彰のアパートの隣りにある賃貸マンションに引っ越してきていた。

「朝、学校に行く時間にトイレに入ったきり出てこなくなったんです。それまでは朝、顔を洗ったり食事をしたり、時間を気にしながらいそがしく登校準備をしていた子がね」

武志の変化にまず気がついたのは、母親の玉枝だった。

「〝どうしたの。早くしなさいよ〟って言っても、黙ったままで、ただ〝ウーン〟と返事をするだけなんです」

玉枝が、学校に行かない理由を聞いても「頭が痛い」と言うだけ。

学校を休む日が一週間、十日と次第に長くなった。

担任の先生が朝、迎えに寄ると仕方がなく登校するが、担任が来ないと休む。しばらくは、そんなくり返しだった。

武志の両親は知らなかったが、実は武志は、学校で同級生のいじめにあっていたのだ。

九月下旬、教室で数学の学力テストが返された。同級生の一人が、武志の席にやってきた。

「何点か見せろよ」

彼は、いやがる武志から無理やりテスト用紙を取りあげて点数を見ると十数点。テスト用紙を武志に返すと、クラスに聞こえるような大きな声で、点数を言い触らした。

怒った武志とけんかになり、これがきっかけで、武志は、グループの格好のいじめの標的になっていく。

グループは三人。武志は三人から「ザコ」とバカにされ、休み時間になると、理由もなく頭を殴られた。

ジュースを買いにいかされたり、針で首や背中を刺されるいじめにもあった。

「五百円持ってこい、千円持ってこいと金を脅し取られるようになって……」

くやしかったが、身長一六二センチ、体重四三キロと、クラスでも一、二を争う小柄の武志は、グループの相手ではなかった。

どうしたらいいのか困った武志は、両親に相談した。

「担任に話してみろ」

そう吾郎に言われて相談してみたが、担任はグループの三人に「いじめはいけない」と、ただ口で注意しただけだった。

逆に「先生に密告した」と、教師の見ていないところで、三人のいじめはエスカレートするばかり。

武志は、親や教師に助けを求めることもできず孤立していった。

「学校に行けば、いじめっ子が待っているし、登校しないとお母さんに〝ずる休みするな〟ってしかられるでしょ。しょうがないから学校に行くふりして家を出てたんです」

二年の三学期は、ほとんど学校に行かず、登校拒否仲間の彰のアパートで時間をつぶしていた。

将来はプロレスのアナウンサー

三年になると、クラス替えがあった。

担任も変わり、三人のグループとも別々になった。

いじめがなくなったこともあって、武志は学校に登校しはじめたが、すぐに元の生活に戻ってしまう。

「休んでいるうちに勉強がついていけなくなって、授業に出ても何もわからないんで、おもしろくなかった。さぼり癖《ぐせ》もついちゃって」

こうして武志は、また彰の家に入りびたるようになるのだ。

「午前七時ごろ、お母さんに無理やり起こされて、テレビのニュースや時代劇を見て、昼ごろまで家にいる。昼食が終わると、彰から電話がくれば出かけていって、夕方の七時ごろまで、ファミコンやったり、プロレスの本を読んでた」

それから半年ほどした十一月、武志は母親の玉枝から「学校に行ってないのに、お金なんかあげる必要はない」と、小遣いを止められてしまう。

それまでは、お菓子代として毎日、玉枝に二百円もらっていた。ただ、好きなプロレス週刊誌『ゴング』だけは玉枝が買ってくれることになった。

「将来はプロレスのアナウンサーになりたい」と、小学校の卒業作文に「将来の夢」を書いた武志。

小柄で気が弱く、同級生のいじめが登校拒否につながった武志は、強い者にあこがれていたのだろう、屈強な男たちがリングの上で派手な乱闘を演じるプロレスの大ファンだった。

わざわざ蔵前国技館や日本武道館に、プロレスの試合を見にいくほど熱を入れていた。

プロレスの技の名前や選手の知識にくわしいのには両親も驚いたほどだ。もっぱらテレビ観戦が専門で、友だちとプロレスをやって遊ぶことはなかった。

「好きなレスラーは長州力、リック・フレア、スタンハンセン。みんな強いから好き」

プロレス好きで目立ちたがりやの武志が、家のなかに閉じこもっていて満足できるはずがない。

登校拒否仲間を誘って事件現場のマンションに出かけたのも理由があったのだ。

厳しくしつけられた父親

「子どものしつけは厳しいほうだと思ってる。私の性分で、言ってもきかないときは、手を出した。物心がつくまでは、子どもは口で言ってもわからないと思ってたんでね」

武志と強盗殺人事件の共犯者にされた光次の父親、正人は五十六歳。中学卒業後から、電気工として働いてきた。まじめで一本気な職人気質の男。妻とのあいだに男二人、女二人の子ども四人がいる。

光次が生まれたのは、一九七三年の七月。四人きょうだいの二番目だった。

子どもには厳しく、光次にとっては、小さいときから怖い存在だった。

光次が二歳のとき、妹が生まれた。

「お兄さんも同じなんですけど、妹が生まれたら、隣りの部屋で一人で寝るようにしつけられたんです」

まだまだ母親のスキンシップがほしい年ごろだったが、夜、光次が寂しくて、どんなに泣いても、母親の久美子は、けっして光次の布団に来てくれなかった。それが、正人の子育ての方針だった。

「お父さんは〝寝ろ〟と怒鳴るだけで、お母さんも仕方なく従っているようでした。お母さんに甘えられないかわりに、おばあちゃんのところに行ったり。おばあちゃんが来たときに甘えるという感じでしたね」と光次。

小学校に入学する前から、食事のときは正座。ヒザをくずすと怒鳴られ、ハシの持ち方が少しでもおかしければ、容赦なくたたかれた。父親の正人がいると、いつ怒られるかと光次はいつもビクビクしていなければならなかった。

「小さいころは、お父さんにはちょっとしたことで、よくしかられたという思い出があります。幼稚園や小学校でも友だちとけんかして、相手が弱かったりすると〝暴力振るうんじゃない〟と怒られて。多いときで一週間に三回ぐらい、少なくても二週間に一回は怒られてました」

　正人はふだん、子どもたちとあまり話をすることはなかったが、怒るときはすぐ手が出た。

「殴られるのも、一度にくるんじゃなくて、何回かに分けてくる感じですね。最初は平手で顔のあたりからきて、からだじゅうという感じ。しかられているあいだに手が飛んでくるんで、いつくるか、いつくるかと、怖くて目をつぶっちゃってました。お母さんは、口で言えばわかるという気持ちだったんで、お父さんが怒ると、止めに入るという感じでしたね」

　父親の正人は一九三三年、関西地方のサラリーマン家庭に生まれた。八人兄弟の末っ子だった。明治生まれの正人の父親は家長的で、兄弟げんかをしていても、父親が会社から帰ってくると、怖くてピタリとやめた。

　父親がいるだけで、家のなかはいつもピリピリしていたという。

「だから父親に怒られるなと思うと、こっちが先に気持ちを察して、うまく立ちまわる。父親は怖かったが、殴られたことは一度もなかった」と正人。

　兄弟げんかで泣いても、涙が乾くまでは自分の部屋に隠れ、絶対に父親に顔を見せなかった。泣いていたのが見つかれば「兄弟げんかしてたな」と、怒られるのがわかっていたからだ。

「それなのに、光次は私がいろいろ口を出して言いたくなるようなことをやる。私の子ども時代のように、どうして親から口を出されないようにできないのか。それが歯がゆくて、怒るとつい手が出てしまうんです」

親は自分が幼少時に親から受けたと同じような姿勢や態度を自分の子どもに対してもとるといわれているが、正人の厳しいしつけは、正人自身が子ども時代に父親から受けたしつけでもあった。と同時に、体罰は自分と同じように父親の気持ちをうまく察することができない光次への、いらだちでもあったのだ。

正人は十歳のときに母親を失い、その後は母親の妹が正人たちの面倒をみてくれた。だから母親に甘えたという記憶がない。中学を卒業すると単身上京して、住み込みの工員として勤めはじめたが、間もなく父親の危篤の知らせで帰省した。

父親の死後、地元で十年間働いた後、一九五八年、日本の経済が高度成長に向かいはじめるころ東京にふたたび戻り、電気工となった苦労人だった。

妻の久美子とは、光次が生まれる四年前に見合い結婚した。

同級生のリンチで登校拒否に

子どものころから、怖い父親の顔色をいつもうかがう生活が身についていたためか、光次は人前で自分の感情を表現することが苦手だった。小学校五年のとき、部活で好きなサッカー部に入部した。

ポジションはゴールキーパー。

みんなでうまくパスをつなげながらシュートを決める華々しいフォワードよりも「一人でできるキーパーがいい」と、自分で希望したのだ。

「人と同じことをやるのがきらいで、一人でいるのが好きだったんです。幼稚園から、友だちのなかに入っていこうという気持ちがないんですね。五、六年になると教室で一人で本を読んだりという感じでした。うちへ帰ってもお母さんや兄妹と話をしたりするよりも、一人で何かやってるほうが気が楽でしたね」

光次とは対照的に、兄や二人の妹は、友だちをつくるのがうまく、外で遊ぶことが多かった。夕食のときも、兄と妹がにぎやかにしゃべり、食卓の話題をさらってしまうので、正人も久美子も、光次に声をかけてやることは少なかったという。

「お母さんが言うには、ぼくが物心ついたころは、ほかの三人とちがって、お父さんが電気工として独立したばかりで、仕事がなくてイライラしてたそうです。家族がみんなで楽しく団らんするなんて雰囲気じゃなかった。そんなことも、ぼくが人間関係をつくるのがうまくないのに影響してるんじゃないかと言ってます」

自分が働いた金でアパートを借りて、自分の部屋に好きな本を並べ、好きな料理の腕を上げる。だれにも気を使わずに自分の好きなようにできる一人暮らしが、このころの光次の夢だったという。

そんな光次が、同級生にけがをさせるほどの大げんかをしたのは、小学六年のときだ。

同級生にからかわれたことで、殴りあいのけんかになった。

相手が泣きだして、担任が止めに入ったが、光次はやめなかった。逃げようとする同級生を追いかけ、自分の気がすむまで殴りつけた。

学校からの連絡で、母親の久美子が呼びだされる騒ぎになった。

久美子が急いで駆けつけたときも、光次は担任に、はがいじめにされながらも「離せ、殴りたいんだ」と、暴れていた。

「からかわれると、最初のうちはがまんしているんですが、カーッときて暴れだすと、自分でもわけがわからなくなってしまう。お父さんに、小さいときから殴られても、抵抗できず、がまんにがまんを重ねてきたでしょ。それが無意識のうちに耐えられなくなって、けんかで爆発するという感じなんです。相手が同級生ぐらいだと、小さいことにはがまんしていても、そのうちにがまんができなくなると、暴発しちゃうという感じでした」

けんかが終わったあと、からだが硬直して動かなくなったこともあった。

担任から病院で脳波検査を受けてみるように言われ、検査したが異常はなかった。

中学へ入学すると、足の早かった光次は陸上部に入った。先輩たちも暴力をふるったり、いじめることもなく、クラブに出るのが楽しみだった。

だがクラスでは、だれとも話をしないでポツンと一人でいる光次に対するいじめが、一学期の終わりごろからはじまった。

「ほかの小学校からも生徒が来てますしね。からかい気分で、けんかを売ってくるんで、避けてたんですけど。けっこう、みんなにやられるんで、いじめで学校がいやになったんです」

夏休みが終わり、二学期が始まると、いじめはさらに執拗《しつよう》になっていく。

学校に行くと、教科書を隠されたり、教科書に落書きをされた。十回行けば、七回か八回は、そうしたいじめにあうという状態だった。体操着の入ったバッグの縫い目を裂かれ、穴をあけられたこともあった。

「がまんできなくなって、こっちもけんかしようという気になるんですが、もし相手がけがをしたらと考えると、怖くて手が出せなくなるんです。それで、けんかのあとで、担任の先生に理由を聞かれるんですけど、ぼくはほんとのことが言えなくて黙っちゃうんで、ぼくだけが悪いと思われちゃうんです」

光次がけんかをしないのには、彼なりの理由があったのだ。そのうえ、いじめではよくあることだが、担任にいじめについて相談したため、同級生たちからいっそうひどい目にあわされた体験が光次にもあったのである。

「先生にチクッたということで、放課後、トイレに連れていかれて、殴られたんです。五、六人に囲まれて、顔をやると先生に見つかるんで、顔はやられなかったんですけど、からだはかなり蹴飛ばされたり、殴られたりしました」

トイレでのリンチがあってから、光次は次第に学校を休むようになる。

言えなかった登校拒否の理由

母親の久美子から、光次の登校拒否を聞いた正人は、陸上部で先輩にでもいじめられて、行かなくなったのか、と考えていた。

光次を自分の前に座らせると何時間も「なぜ学校に行かないのか」と問い詰めたが、光次は黙っているだけで、何も言わなかった。

はじめは正人も諭《さと》すようにして話していたが、光次が黙って答えないのに腹をたてて怒りだした。

「お父さんが仕事から帰ってきたときですけど、ぼくが答えないんで、だんだん頭にきたようなんです。最初は手でたたいていたんですけど、自分の手も痛いし、背中をかく孫の手でバシッ、バシッて五分間くらい、たたかれたんです。足とか腕とかをたたかれて、ジーパンはいててもミミズばれになって、その日は眠れなかったですよ、痛くて。逃げることなんて考えられなかった。歯を食いしばって、がまんするだけ。それがあざになって一週間ぐらい消えなかったですね」

光次が中学生になると、正人は「口で言えばわかる年になったからもう手は出さない」と言い、殴ることはなくなった。それが、光次が登校拒否を起こしたことで、ふたたびはじまったのだ。

それでも、光次は正人に登校拒否の理由を言わなかった。

「ぼくとしてはほんとのことが言えないんです。言えば学校に連絡されて、いじめがひどくなりますからね。お父さんからは、なにも答えないというんで、殴られましたが、それじゃ、登校拒否の理由を説明したら、わかってくれるかというと、そうじゃない。こんどは〝そんなことで行かないのか。がまんしろ〟と、ぼくには答えられないようなことを言うに決まってるんです」

光次にしてみれば、黙ってたたかれるのを耐えるしか方法はないのだが、正人にしてみれば、そうした息子の態度が許せなくて、ますます体罰はエスカレートしたのである。

「結局は、理由を言っても言わなくても、殴られることでは同じというわけです。お父さんの暴力がなければ、お父さんの言うことも理解できた面もあるんじゃないかと思うんですけど、暴力を加えられると、怖いだけで、お父さんの言ってることを理解するまでにはいかないんですね」

それでも、光次が二年に進級すると、口で言うだけで、殴られることはなくなっていった。外出するときには、制服ではなく、普段着で行くように注意されるぐらいだった。

「ぼくが中学二年になってから、お兄さんが、けっこう、お父さんと話すようになって、ぼくもときどき二人の話に口をはさんで、だんだんお父さんと話せるようになったんです。お父さん自身、学校に行けなかったから、学校にだけは絶対に行け、義務教育だけでも終えてほしいという気持ちは強かったみたいですね。だから、お父さんとしては、ぼくを殴らなくなったのは登校拒否を理解したんじゃなくて、ぼくに何を言っても無駄とあきらめたんです。それは、お父さんの口調からわかりましたね」

いじめが原因で登校拒否をしていた光次が、登校拒否仲間の彰と話すようになったのは、一年の三学期だ。

仲の良かった同級生が彰と友だちで、彰の家に遊びにいったのがきっかけだった。

彰とは小学校は別だったたし、クラスもちがったが、なぜか二人は気が合い、それから遊ぶようになった。

光次は、小学校時代から友だちはほとんどいなかったのだが、数少ない友だちのなかには、からだに障害を持つ子どもや外国籍の子どもと、ハンディを背負っている子がいた。

光次の心のなかで、弱い立場のものに自分の姿を重ねているのか、彰もやはり言葉のハンディを持つ少年だった。彰の部屋によく遊びにきていた武志とも、知りあいになった。

たまに学校に登校しても、彰と武志の二人と、いつもいっしょにいるようになった。彰といっしょにいることで、いじめはますますひどくなったという。

「彰が発音がうまくできないから、それをからかったりするやつがいて、そういうのからみれば、彰といっしょにいるぼくや武志も目ざわりな存在だったみたいで。そのせいで、こっちもいじめられるのが増えてきた。でも、いじめられなくても、友だちはいないほうだったんで、いじめられたからといって、新しい友だちをつくるよりは、彰とは気が合ってたんでいっしょにいようと思って」と光次。

二年の二学期ごろからは、午前十時ごろに自転車で家を出ると、学校には行かず、そのまま彰のアパートに直行する生活になっていた。

地域の人に助けられた父子家庭

「彰が小学校三年のときでしたかね。二年間の別居生活のあと、女房と離婚しましてね。私が二人の男の子を面倒みることになったんです。ご飯も炊いたことなかったから、男所帯はたいへんでした」

見張り役とされた彰の父親の順一が、妻の道子と正式に協議離婚したのは、一九八二年の五月。彰が九歳、弟の満男が六歳だった。

「兄弟二人を引き離したくない」と、彰と満男は順一が引き取ることになった。

順一は結婚前から、東京・上野で皮革の加工店を営んでいた。問屋からの注文で、靴やハンドバックに使う皮の型抜きが仕事だった。職人とパートの主婦を一人ずつ使い、仕事は順調だった。

結婚した年に彰が、三年後には弟の満男が生まれた。夫婦仲は円満で、順一が「健康にいい」と始めた社交ダンスを道子も習うようになり、二人で仲良く、ダンス教室に通っていた。

ところが、彰が小学校に入学したころだ。道子が外泊したことがきっかけで、夫婦関係に亀裂が生じる。

「よく口げんかしてた。止めたかったけど巻きこまれるのもいやだったし」と彰。

道子の外泊はひどくなるばかりで、家にいることもほとんどなくなった。

夫婦関係が破綻《はたん》して道子と別居状態になると、満男の保育園の送り迎えや、子どもたちの食事の世話、洗濯と、家事の一切が順一の肩にかかってきた。

「朝七時に子どもたちを起こして、ご飯を食べさせますからね。満男を保育園に送って、仕事に入るのが九時ごろ。午後になると、もう、お兄ちゃんが帰ってくる。それで遊ばせてると、満男の迎えの時間。帰って洗濯して、夕飯をつくって、夜八時までお兄ちゃんの勉強をみて、そして子どもたちを寝かしつける」

子どもたちが寝入ると、やっと自分の時間ができた。仕事の遅れを取りもどそうと、ウイスキーの水割りを飲みながら、一人仕事をした。

しかし、二人の兄弟を抱えての家事と仕事の両立は難しい。そのしわよせは仕事にきた。

「仕事は私がやらないで、職人さんとパートの人がやってるだけでしょ。昼間はお客さんがくれば、ちょっとコーヒー飲みに外に出かけるし、子どもがいないときは、気が抜けて、ぼけっとしちゃう。私が夜遅く仕事しても、たいした量はこなせないから、どうしても納品は遅れがちになる。お客さんからクレームがきて、信用がなくなる。結局、そんなかたちで、問屋からの注文がこなくなったんです」

しわよせがきたのは、仕事だけではない。ご飯を炊くのがやっとだから、夕食のおかずは、惣菜屋で焼き魚、唐揚げやコロッケなどの出来合いを買ってすませた。

「日曜日とか仕事の休みのときは、カレーライスとかスパゲッティーとか、自分で見よう見まねでつくった。ラベルの後ろに作り方がありますよね。それを見ながらつくるんだけど、時間がかかっちゃう。そのうち子どもたちが〝お腹すいた〟と騒ぐから、簡単なものになっちゃう」

男の慣れない手料理に、どうしても栄養が偏る。

「保育園や学校の先生の家庭訪問があると〝肥満度指数が高いから、野菜を食べさせてくださいね〟って言われてね……」

そんな状態で、職人も別の店に移ってしまい、離婚の五カ月後には店をたたむはめになった。

一家は、彰が小学三年のとき、上野から綾瀬のアパートに転居する。

順一は町工場に旋盤工として勤めたが、会社は二カ月で倒産、こんどは機械メーカーの営業マンになった。

「朝、満男を保育園に送っていくと、会社に始業時に入れない。保育園は九時でしょ。八時に行くと先生来てないんで、受け付けてくれない。帰りは五時すぎに迎えにいくんだけど〝時間どおりに来てください〟って先生に怒られてね」

ときには、仕事で帰りが夜中の一時、二時になることもあったが、「子どもがいるから」と地方出張だけは外してもらった。

洗濯で苦情がきたのは、アパートに移って半年したころだ。会社から帰宅して夕食後、洗濯機を回したが、部屋が二階だったので、下の人から「洗濯機の音がうるさい」と苦情が出た。

「それで何回もけんかして、洗濯機は、そのまま六年間使いもしないで置きっ放し」

結局、一日おきに風呂に行く途中、コインランドリーに寄って洗濯物を入れ、帰りに仕上がったのを持ち帰ることにした。

洗濯代だけでも月一万円は超した。

「私にとって唯一の自由な時間は、会社の帰りに近所の喫茶店にちょっと寄って、コーヒー飲みながらゲームやることかな。私の帰宅が遅くなって食事が間に合わないときは、その喫茶店か中華屋さんに子どもが行けば、食事をつくってくれるように頼んである。私が帰宅途中に寄ってお金を払う仕組みにして、うまくいってたんですよ」

アパートのある一帯は、JR綾瀬駅の移転で、十年ほどのあいだに開発が進んだ新興地だったが、人情味にあふれていた。

「近所の人たちはほんとうに良い人たちで、私が仕事で遅くなったときは、お風呂に入れてくれたり、男ができないようなおかずを〝食べな〟って持ってきてくれたりした。地域の人がみんなで子どもの面倒をみてくれた。私一人じゃ、絶対に育てられなかったです」

そんな地域の人たちの温かい目も、彰が中学校に入って登校拒否をはじめると厳しくなっていった。

先生はわかってくれない

彰は、生まれたときから口蓋裂《こうがいれつ》症のハンディを背負っていた。三歳のときに手術、話し方教室にも通ったが、発音が不自由で、小学校時代から、それを理由にからかわれたり、いじめられたりした。

「彰は汗かきでしょ。〝汗くさい〟って、いじめられ、言葉もはっきりしない。〝暑い〟が〝あひ〟になっちゃう。〝あほ〟も彰は〝あひ〟としか言えないから、彰の言葉を学校では〝彰語〟といって、真似されて冷やかされるんです」

小学四年から六年まで、彰とクラスがいっしょだった武志は、こう説明する。

カバンを教室の窓から校庭に投げたり、座っているいすを後ろに引き倒したり、彰をいじめないと一日が終わらない感じだったという。

「〝勉強できない〟って言われてもどうってことないけど〝汗くさいからあっち行け〟とか、言葉を真似されると頭にくる」と彰。

五年のとき、いじめられるのがいやで、彰は、担任の先生に「みんなから、からかわれたり悪口言われるんで、何か言ってください」と訴えた。

「先生は〝いじめたり、からかうのはよしなさい〟と言っただけで、あとは何もしてくれない。

〝おまえチクッたな〟って、休み時間に鉛筆で腕とか背中刺されたりした。自分で〝やめろよ〟と言ったけど、逆にみんなに手で押されたり、ぶん殴られたりしました」

それでも、学校は休まず毎日登校した。

中学校に入学すると、いじめはエスカレートした。こんどは同級生から、金を巻きあげられるようになったのだ。

「高くて二万円ぐらい。学校の帰りに〝金持ってるだろう〟とか〝親の金盗んでこい〟とか言われた」

一度は、生徒たちが勝手に部屋に上がりこむと、銀行通帳を見つけ〝これで金おろしてこい〟と脅されたこともあった。そのときは「ハンコがどこにあるかわからない」と言って渡さなかった。二年になると、使い古した学生服や、はけなくなったズボンを、同級生が彰に売りつけてきた。

彰が「いやだよ」「お父さんに聞いてみないとわからない」と言っても、相手は「うそつくな」「おまえ、買いたくないからお父さんのせいにするんだろう」と、無理やり押しつけてくる。

「結局、彰は怖くて、それを断りきれないから〝ウン〟と預かっちゃう。二年の終わりから、三年のはじめに太いズボンが五本もたまってね。〝おまえ買うと言ったのに金を払わないじゃないか〟って、同級生が家に押しかけてきたことがあった。先生に相談しても〝彰君が買うといったのが悪い〟と取りあってくれない。結局、私が友だちの家を回って、親にズボンを引き取ってもらった」と順一。

三年の二学期には、三万円もする空気銃とガンベルトを押しつけられた。

「この野郎」と思っても、うまく言葉にならないからニコニコ笑って、「はい」って相手のいいなりになる。それが、小学校時代からいじめ抜かれた彰の〝生活の知恵〟だと順一は嘆く。

「うちの子は口蓋裂症のハンディキャップがあるんだから、先生はもっとじっくり話を聞いてやるべきだったんです」

彰は、発音がしっかりしていないので、先生がクラスの同級生から事情を聞くときでも、同級生は思っていることをはっきり言うが、彰はゴモゴモと口ごもって何も言えない。

結果的には自己表現が下手な彰が、いつも悪いということになってしまっていた。

「〝こういう問題がありますけどお父さんどうですか〟と先生から聞いてくれれば、〝うちの子はこうなってるんだから、こういうかたちの解決があるんじゃないか〟と、親として言うこともできる。それが〝おまえが断れないからいけないんだ。おとなになって自分の意見言えなくてどうするんだ〟と、彰に一方的にくる。これじゃ、彰はたえず学校で追いつめられちゃう。先生には、そこのとこが見抜けてないんですよ」

再登校による教育

教師には、弱い子どもの立場に立って話を聞いてほしかった、という順一だが、学校では生徒を力で管理する教師体罰が横行していたのである。

「教科書やノートを忘れると、かならずビンタが飛んできた。授業が始まって、あいさつする前に先生に言わないと、よけいぶん殴られちゃう。どの教科も同じだったです」と彰は語る。

なかでも彰のクラスの英語教師は、宿題を忘れた生徒には厳しく体罰を振るった。

「生徒を教卓の前に一列に並ばせ、物差しで〝尻たたき〟の体罰。男なんてズボンをひざまでおろして、パンツの上からバシバシって。痛いなんてもんじゃない。女の子もみんなの見てる前でスカート脱がさせられて、ビシビシたたかれるから、恥ずかしくて泣いちゃう。だから女の子は、みんなスカートの下にブルマーはいてきてました」

それだけでは許してもらえず、授業中もいすの上で正座をさせられたり、教室の後ろで腕立て伏せや腹筋をやらされる生徒もいた。

「体罰やいじめがいやで、学校休んで、たまに出ていくと職員室に呼ばれ、学年主任の先生から〝なぜ休んだ〟と殴られた。それで、ますます学校に行くのがいやになった」

彰、武志、光次の三人が通っていた区立中学は「足立の学習院」と呼ばれ、名門進学校としての名声を得るようになっていた。

ところが母子強盗殺人事件がきっかけで、教師による厳しい生徒管理と、偏差値という単一の物差しで生徒を振り分ける〝教育工場〟のような実態が浮かびあがってきたのだ。

中学の創設は、東京オリンピックのあった一九六四年。校舎の周りを水田に囲まれた、のどかな風景は、七年後にＪＲ綾瀬駅が学区内に移転してきてから一転した。

宅地開発が進んでサラリーマンのベッドタウンとなり、その新興住宅地からは、地域とのつながりのない子どもたちが学校に大量に流れこんできた。

急激な地域や生徒の変化に教師が対応できず、学校は荒れはじめ、七〇年代後半からは校内暴力が多発するようになる。

校内暴力で学校がとった措置は、「校則の順守」を指導の柱とする徹底した管理教育体制の確立だった。その指導方針を教師たちは「再登校による教育」と呼んだ。

「登校時に生徒を校門の前に座らせ、髪や爪の長さ、服装を厳しくチェックするんです。違反者は家に帰し、親に直してもらわないと、学校に入れないよう指導した。教師にとって都合の良い生徒ばかりを受け入れるやり方は、表面的には校内暴力を鎮静化させ、荒れた学校を学力的にも一躍、区内有数の進学校に押しあげるのに成功したんです」と中学の元教師は証言する。

一九八六、八七年度には、二年続けて文部省の生活指導研究奨励校となり「学校規律が良く守られたモデル校」との「お墨つき」を獲得した。校則に違反する生徒を排除して、校内暴力を沈静化させた見返りに、その中学の教師たちは、区内の中学の教頭、校長になるという出世コースに乗っていく。

学校の規律が守られ、進学率も向上したことで、力による管理教育が成功した、と教師やPTAの幹部たちは思っていた。

だが教師にとって都合の悪い子を家に帰してしまう「再登校による教育」は、効率的な学校運営を可能にしたが、その一方で、共働き家庭や父子、母子家庭など、親の世話を受けられない生徒たちを登校拒否に追いこむ結果になったのである。

またたく間に登校拒否生徒の数は、他校の三倍、四倍にもふくれあがった。

三人の少年が在学していた一九八六、八七、八八年度の三年間をみても、登校拒否者は十九人、二十四人、十九人で、足立区の中学平均の六、七人と比較しても、突出していた。

さすがの足立区教育委員会も、名門進学校での異常に多い登校拒否生徒を放置できなくなったのだろう。

一九八七年三月に校長が退職したのを期に、どんな生徒でも学校に受け入れていくという「受け入れの教育」を提唱していた谷山貞夫校長を任命した。

そもそも、この中学の校長職は、ベテランの校長が退職前に就く最後の花道ポスト。谷山新校長は、それまでは他校の教頭だっただけに、生徒指導の実績をかわれた異例の抜擢《ばってき》人事と騒がれた。

谷山校長が赴任したのは、三人の少年が中学二年に進級した四月のことである。

ところが教育委員会の期待をになって着任した谷山校長に、思いもかけない出来事が待ち受けていた。

四月七日の入学式の朝。登校してきた職員が会場の体育館をのぞいて、びっくりした。会場の床は、砂をまいたように石灰で真っ白になっていた。ステージの日の丸や区旗には落書きがしてあった。整然と並べてあったイスもめちゃくちゃにひっくり返され、会場は嵐が去った跡のような惨状だった。

六日後の十三日には、こんどは校長室が全焼する放火事件が起きた。

谷山校長が着任してからわずか一週間のあいだに、学校にうらみを持つ者の犯行とみられる二つの事件が続発したのである。

このときの心境を谷山校長は供述調書（五月十日付検察官面前調書）でこう証言している。

「私が当校に着任する前に、教育委員会の指導室長のほうから特命で、あの学校は体罰があるので、そういうことのないように、と指導を受けていましたが、事実、体罰もさることながら着任前から当校は投石によるガラスの破壊や教室荒らしがあったとのことでしたが、着任早々、現実に実態をかいま見て、何とかしなければと思いました」

この後も、ＰＴＡの会合など学校行事があるたびに、学校の施設が破壊され、六月に犯人グループの卒業生が警察に捕まるまで、その数は十三件にも達した。

教師体罰が恨みを醸成

彰、武志、光次の三人が、母子強盗殺人事件の犯人として逮捕されたのは、一連の事件が起きた二年後。中学を卒業したばかりの四月二十五日だった。

その三週間ほど前の四月一日には、「女子高校生監禁殺人事件」が発覚していた。

女子高生監禁の舞台となったC少年の家は、彰のアパートからそう遠くない。

C少年の部屋に、少年グループが十七歳の女子高生を四十一日間も監禁、リンチの果てに死体をコンクリート詰めにして東京湾埋め立て地に捨てるというショッキングな事件は、逮捕された四人の少年が、彰たちと同じ中学の卒業生だったこともあって大きな反響を呼んだ。

しかも、女子高生を監禁、死に追いやった犯人グループのうち二人が、学校破壊事件の一部に参加していたのだ。

谷山校長自身も、女子高生監禁殺人事件の主犯格であるA少年たちと、監禁事件の前に校長室で話しあったことを、今回の検面調書で詳細に述べている。

「AとDは、家庭裁判所で保護観察処分になって戻されましたが、その直後の夏休み前に〝謝罪したい〟と連絡がありましたので、私もAらと会うことにしました。保護者や弁護士を同伴して謝罪にきました」

「Ａは便箋《びんせん》三枚に、捕まっているときに書いたという反省文を持参し、投石事件についてもあやまっていきました。私も二度と学校に迷惑をかけないようにと説得して帰してやったのです。まさかと思ってましたが、こんどのコンクリート事件の発覚によって、彼らが学校に対する攻撃はやめましたが、別の方向に悪い芽を伸ばしていたとわかったのです」

「名門校」の看板の裏で行われていた生徒の切り捨てと教師体罰の管理教育に対する怒りが、生徒たちを学校破壊という行動に駆りたてていたのだった。

「昭和六〇年代に入っても、五〇年代の校内暴力の名残りとして、体罰やいじめが依然として残っていたようで、教師による体罰は、生徒の学校に対する恨みを醸成し、これが学校への投石（ガラス割り）、破壊、学校荒らしなどにつながり、また、いじめは登校拒否者を生みだすことになった」（五月十日付検面）と、教育委員会の指導主事も「力による管理」が学校を荒廃させていたことを認めている。

谷山校長が着任するまでは、学校側は、名門校の看板に傷がつくのを恐れて、こうした卒業生や生徒による一連の学校破壊事件については、教育委員会に報告することを、いっさいしていなかった。

谷山校長からの報告で、教育委員会もはじめて実態を把握するというありさまだった。

そうした閉鎖的な体質の学校だっただけに、「受け入れ教育」を唱える谷山校長の着任は、教師からはこころよく思われなかった。

谷山校長は「教育理念として頭から生徒を押さえこむのが教育ではなく、その子が理解できるまで良く指導し、育てていかなければならない」と、職員会議など機会あるたびに教師たちに訴え、生徒を切り捨てるのではなく、登校拒否生徒の受け入れを提案した。

だが、驚いたことに谷山校長の、こうした提案に現場教師が反対したのだ。

「三年の学年会では、特定の生徒の名前を挙げて、校長名で登校させないでほしいと言ってきました。私としては教頭とも相談して、できるだけ、どのような子どもでも受け入れるように説得したのですが、学年会の名で、学校の規律を乱す者が一人でもいれば、全体の生徒に悪影響があり、とてもやっていけない。一人と何百人の生徒のどちらを校長はとるのですか、ということを言ってくる実情にあったのです」

谷山校長は「どんなひどい子だと言っても、たばこを吸うとか、態度が悪いとか、化粧をしているとか、ツメを伸ばしているというぐらいではないのか。だめだと言うなら校長と教頭預かりにして授業をやる」とまで言って説得したが、教師たちは、「そうしてください」と、逆に校長と教頭に任せてしまった。

校長室に登校拒否の生徒を集めての指導がはじまった。

「私と教頭で手分けして、マンツーマンの指導をしてきました。それでもOBからは〝以前は足立区の学習院と言われた学校が乱れてきた〟と批判されましたが、学校にどんな生徒でも迎え入れて、教育するというのがいちばん効果があると思って指導してきました」

生徒の立場に立って考えようと努力していた谷山校長だが、登校拒否生徒が大量に生みだされた背景については、「登校拒否者が多い原因の一つに、生徒のほうから教師に飛びこんでくる土壌がないこと」といった程度の認識しかなかった。

彰をはじめ三人が登校拒否状態になったのは、クラスの仲間から執拗《しつよう》にいじめられたのが原因だったが、その実態をつかんでいなかったのである。

「彰については、親のほうからいじめが原因で登校しないということが担任のほうに話がありましたが、学校のほうから調査すると、具体的ないじめの実態は浮かびあがってきませんでした。武志は、これといったいじめがなかったと言ってましたが、母親が子どものことはあきらめていたようで、担任にも〝放っておいてください〟という状態でした。光次は、性格的にカーッとする子どもでしたが、こちらのほうは、いじめというより、怠学のほうに重点があったと思います」

「今回、母子殺しを行った三人は、たまたま学校へ出てこないという生徒で、私も担任を通じ、積極的に登校をうながすようにしたのですが、だめだったのです。三人には、今年の二月と三月に個別に会って事情を聞きましたが、三人がほんとうにやる気なら、もう一年留年して頑張ってもらおうと話したところ、三人とも親といっしょに卒業を希望しましたので、三月二十四日までに訓話（補習授業）をやって、校長室で卒業証書を手渡して、卒業させました」

谷山校長の供述調書の最後は、次のような文で終わっている。ほかの学校で同じような事件が起きたら、校長や教師たちは、おそらく谷山校長と同じようなことを言うにちがいない。

「本校の卒業生が、このような事件を続けて引き起こしたことに対して、私も校長として、いじめなどについて認識の甘さがあったということは反省しております。今後は、いろいろ教訓にして、二度とこのようなことが起こらないように教育するよう努めたいと思っております」

出席できなかった卒業式

二年の夏休みが終わると、彰の部屋には、登校拒否仲間の武志や光次が、顔を出すようになる。父親の順一が働きに出て、昼間は家にいないことから、三人の格好のたまり場となった。

「彰の家に集まると光次はファミコン。ぼくはカセットでロックを聞く。〝プリンセスプリンセス〟が好き。ロックの音とファミコンのピコピコという音が混じって。トラック野郎の本が好きな彰は、部屋のなかをうろうろして落ち着かないんだ。腹が減るとセブンイレブンで、パンか弁当を買ってきて食べた」と武志。

昼間は、近所の人に見つかると「学校に行け」と、うるさく言われるので、彰の部屋で三人は時間をつぶした。

そして、学校から生徒たちが帰ってくる夕方になると外に出て、ゲームセンターやコンビニエンスストアーをうろついたり、公園に小学生を集めては野球をして遊んだ。

そんな生活が一年以上続いた三年の十一月、彰は塗装工のアルバイトに出かけるようになる。

このころ父親の順一は、紙工芸の会社に転職していたが、一カ月前の作業中に起きた事故で、右手の人指し指を切断、縫合手術をして入院していた。

「私が入院中の十一月三日に子どもたちが部屋でボヤを出してね。彰が空き缶のなかで紙を燃やしたのを武志が見て、カップメンの容器で真似したら火が布団に燃え移った。近所の人が駆けつけて消してくれたんで、ボヤですんだんですがね。連絡を受けて病院から戻ると、三人をうんと怒ってやったんだ」

ボヤ騒ぎで、順一はしばらく自宅療養することになり、三人はそれまでのように彰の部屋に集まって遊ぶことができなくなった。

「ブラブラしていて、また、何か起きても困る」と思った順一は、ボヤ騒ぎのあと、知人に頼んで、彰に塗装店のアルバイトを紹介してもらった。そこは、三年の夏休みにも、アルバイトをしたことのある店だった。

彰が千葉県船橋市のＪＲ船橋駅にあるビル工事の現場に、通いはじめたのが十一月上旬。

「しばらくして担任の先生から〝仕事に行った日を出席一日と認めます〟と言われた。早期就業と言ってた。それにはいろんな条件がついてたんだけど〝年が明けた一月から働いてください〟って言われてね。実際は十一月から、働いていたんだけど」

アルバイト先で真面目に働いていた彰が、学校で武志と光次とふたたび顔を合わせたのは、卒業をまじかにした三月のはじめ。卒業に必要な出席日数が足りないので、補修授業をやると学校は連絡してきた。

補習授業には出たが、学校は三人の卒業式への出席を認めなかった。十日後に校長室に集め、ほかの登校拒否生徒とともに卒業証書を渡された。

彰と武志が同じ塗装店でアルバイト、光次が叔父の経営するクリーニング工場と、中学を卒業すると、三人はそれぞれの職場に散っていった。

社会に出たばかりのよちよち歩きの三人が母子強盗殺人事件の容疑者として逮捕されるのは、それから一カ月後のことだ。

第3章　九人の弁護士

捜査一課長が取り調べ

武志、光次、彰の三人が、足立区綾瀬のマンションで起きた母子強盗殺人事件の犯人として逮捕されたのは、四月二十五日の夜。

翌朝になると、武志の自宅があるマンションの前には、隣りが彰のアパートということもあって、報道陣が大勢詰めかけ、テレビカメラの列ができた。

「つらかったね十日ほどは。連日、夜遅くまで報道関係のカメラが構えているから、買いものにも行けなくてさ。それこそ、サングラスしてさ、セブンイレブン行って〝いまから帰る〟って電話するんだけど、〝まだカメラ構えてる〟って言うじゃない。困っちゃって、カメラが帰るまで本を立ち読みしてね。うちへ帰っても夜中じゃ、換気扇回すとうるさいから料理もできない。暗いところでインスタントラーメンすすってすませた。あれにはまいったよ」

武志の父親、吾郎は、逮捕の一週間前、十七年間勤めた運送会社をやめ、建設会社で働きはじめたばかりだった。

「朝もタオルで顔を隠して、長靴はいて。家を出ると、ほんとうは右に行くんだけど、わざわざ左へ行ってってね」

建設現場で基礎工事をする仕事だったが、警察や家庭裁判所から、毎日のように呼び出しを受け、そのたびに仕事を休まなければならなかった。

「おまえ、やる気あるのかよ。これ以上休んだらいらねえから」

現場監督からは文句を言われた。

だが吾郎は、勤め先には自分の息子が警察に逮捕されたという事実を説明できなかった。逮捕されたことがわかれば、会社をクビになる恐れがあったからだ。

自宅には不動産屋が押しかけてきた。

「〝あんな事件起こしたんだから出てってほしい〟って、しつこくやってきた。そう言われても、こっちは金ないでしょ。職場じゃ信用ないでしょ。あのときがいちばんつらかったね」

前の会社の退職金と親戚に頼みこんで借りた金で、一家が東京の下町にあるいまのマンションに引っ越したのは、それから一カ月半後のことだ。

「取り調べでね〝被害者に線香一本あげないのか、非情な親だ〟って言われたんで、〝あげる気ないよ、武志はやってないんだから〟って言ってやったんだ」

武志の逮捕からしばらくすると、吾郎や妻の玉枝も綾瀬署の捜査本部に呼びだされた。

「子どもは〝ぼくがやった、どうもすいませんと親に謝った〟と言ってるぞ」

「子どもを信用しないのか、なぜ親が認めないんだ」

取り調べの刑事は、なんとか武志の犯行を認めさせようと、吾郎や玉枝を責めたてた。

吾郎は、刑事から自分が犯人の父親扱いされたのがくやしかった。

「〝光次は認めた、彰も認めてるぞ〟って言われて、帰って光次や彰の家に聞くと〝そんなことはない〟って言われる。また刑事とけんかでしょ」

「きょうはお父さんだけお願いします」と言われて出かけると、別の部屋で玉枝が調べられていたこともあった。

息子の犯行を認めようとしない吾郎に、捜査本部も業を煮やしたのか、突然取り調べの刑事が代わった。

「ずんぐりした、目がギョロッとした刑事が前に座って〝お父さん〟って目をそらさないんだよ。〝子どもがね、本人やってんだったらやってるで、なぜ親が認めないんだ〟って。〝調書を書きなさい〟って。いや書くわけにいかないよ。子どもはやってないんだから。何か証拠があるのかって言ったら〝いや、本人が言ってるからまちがいない。それを親は認めないのか〟って。ぼくは会った人からはかならず名刺もらうから〝おたく、失礼だけどどなた〟って聞いたら〝上野と申します〟って。あとで新聞見たら捜査一課長だったんだ」

捜査本部の事実上の指揮官である捜査一課長が、直接乗りだしてきたのだ。

「〝本人しか知らないものいっぱいある〟って言うから、〝こういう状態で神経の弱い子どもが、何時間もおたくたちからやられたんじゃ、やってないこともやったと言っちゃうよ〟と言ってやった。女房も同じようにしぼられてね」

最終的に、捜査本部は吾郎と玉枝の取り調べから六通の供述調書をつくるのだが、ついに「武志がやった」と犯行を認める言葉を引きだすことはできなかった。

吾郎は息子の武志を信じてはいた。

しかし、武志が代用監獄である警察署の留置場に逮捕勾留されていた二十二日間は神経がすり減った。一度も読んだことがない法律書の小六法を買って、少年法に目を通したり、慣れない日記を付けて気を紛らわした。

「十キロやせましたよ。減量したわけじゃない。結局、イライラするから酒飲んじゃって」と吾郎。

逮捕から休まず記したという日記には、誤字、脱字はあるものの息子への思いがあふれていた。

「4月26日　新聞を読み何がタイホだ。しょうこもないのに協力して上げたのに刑事はうそつきだ。三人を事件に結びつけた。武志は毎日家にいるしなぜだ。今日とにかく全部調べてみようと決意。仕事の話しどころじゃない。テレビ等報道関係がうるさくて外へ一歩も出られず一日家の中。これじゃ武志がかわいそうでたまらない。一週間はダメダ。妻と話しガマンしよう。ＰＭ12時」

「5月6日（土）はれ　午前武志君の千住へ差入れ。上下と歯みがきと2、０００円。面会出来ず残念。自宅へ帰ってすぐ不動産よりいますぐ出ていけと言われたが私は頑張った。（中略）今合えるのは弁ごしだけでお父さんやお母さんも皆んな面会をたのんでも合えないので残念だ。武志もつらいだろうが頑張ってほしい。やってもいない事を刑事におどかされていっている事がお父さんも皆んなわかる」

「5月12日（金）　体がきつい。（中略）真実は一ツ。武志の言ってることは刑事におどかされて言っているので私も妻も信じていないし一ツは16日（火）まで頑張って行こうと確認した。武志負けるな。たいほされてから20日目までは刑事のけんり。17日からは私達弁護士の自由な動きができるし武志と初めて面会出来ると思うと皆んな武志の顔を見るだけでうれしい気持ちだ。明日もお母さん9時に刑事に呼ばれてる」

「5月24日（水）くもり、晴　仕事終了後保険証と失業保険証武志の名前もむりにたのんで入れてもらい今日はすべてうまくいった。26日には午前中には検さつ庁。午後には初めての武志と面会のきょかをもらい合いに行くよ。まともに合ってくれたのむよ。11時。ねるよ」

「子どもの人権弁護団」登場

吾郎が玉枝といっしょに、練馬区にある東京少年鑑別所を訪ねて息子の武志と面会できたのは五月二十六日の午後。逮捕されてから一カ月たっていた。

少年事件は全件送致主義がとられ、どんな小さな事件でも、警察や検察庁から家庭裁判所に送られることになっている。

家裁送致になると、より深い専門的な調査が必要な場合は、観護措置といって加害者とされる少年は、家裁の処分が決まるまで、少年鑑別所に最長四週間、入所することになる。

少年鑑別所では、家裁の調査官や鑑別所の鑑別技官といった専門家が、面接などをとおして少年の行動を観察、非行がどうして起きたのか、その成育環境や学校生活などくわしい背景を調べるのだ。

武志たち三人は五月十六日、東京地検から強盗殺人容疑などで東京家裁送致になり、身柄を警察の代用監獄から東京少年鑑別所に移されていた。

検察官は、家裁に送致するとき、成人の裁判でいえば求刑に当たる「処遇意見」をつける。武志は「刑事処分相当」、光次は「少年院送致相当（長期）」、彰が「少年院送致相当（短期）」となっていた。

「刑事処分」とは、とくに凶悪な少年犯罪は少年事件としては扱わず、検察庁に逆送致して、成人と同じ手続きで刑事裁判にかけることだ。

鑑別所内の売店でチョコレート菓子とコーラを買うと、面会室で武志を待った。

神経質で食べものの好き嫌いが激しいので、げっそりやせているのではないかと心配していたが、武志は思ったより元気な姿で現れた。

「面会は三十分だっていうから差し入れのお菓子とコーラ渡して〝どうだ、おまえやってないんだろう〟って聞いたら〝やってないのに頭にきちゃうよ。刑事に無理やり言わされたんだから〟って言うでしょ。〝弁護士に頼んで調べてもらうから、ほんとうのことを言えばだいじょうぶだ〟って励ましたら〝ほんとう？　お父さんだいじょうぶ？　また警察に戻されるのいやだよ〟って急に泣きだしちゃって。コーラをこぼしながらね。〝だいじょうぶだ、だいじょうぶだ。もうすぐ出られるから〟って。もう涙ぼろぼろで話にならなかったんだよ」

吾郎は帰宅すると、町田弁護士に電話して「武志は無実だ、なんとか助けてくれ」と頼んだ。というのは町田弁護士には、前日、彰の父親と二人で会いにいき、家裁での審判の付添人を依頼、着手金として二十万円を渡して「私ら法律のことわからないんでよろしくお願いします」と頭を下げてきたばかりだった。

町田弁護士は、武志が警察の代用監獄に勾留されていたあいだ、三回面会していた。そのつど武志は「やりました」と犯行を認めていた。そのため、町田弁護士は審判では基本的に、犯行事実を争わない方針を決め、この日、裁判官に会って、その旨伝えていた。

吾郎が息子の無実を訴えても、町田弁護士の反応は鈍かった。

「息子は、警察で毎日取り調べられてる状況だから〝やったのか〟と聞かれると、結局、弁護士という意味がわからないまま〝やりました〟と言ってしまうんですよ。武志が〝やってない〟と私に言ったんだから何とかなりませんかね」

吾郎が必死に訴えても町田弁護士は「私には〝やった〟と言ってるんですよ。三人の調書を読むだけでも一週間かかりますよ」と気のない返事をくり返すだけだった。

「それじゃ間に合わないんですよ。とにかく、ぼくも一回会社休んでいくから、会いにいってください」と言っても「いまの状況じゃどうにもなりません」と冷たく断られた。

強盗殺人事件で逮捕された三人の少年のうち、一人が無実を主張しはじめたというのに、町田弁護士は、事の重大性を認識できなかったのだ。

十日後の六月八日には、東京家裁で三人の第一回目の審判が開かれることが決まっていた。審判期日は目前に迫っていた。何とかしなければと焦った吾郎は、あちこちに、つてを頼って電話した。

「少年専門の弁護団があるんで、一応電話番号教えるから相談してみろよ」

会社の上司から「子どもの人権弁護団」の存在を知らされたのは、夜も遅くだった。

ワラをもつかむ思いでダイヤルを回すと女性の声がした。

「事情を説明したら、女性の弁護士が〝本人やってないの〟って念押すから〝やってない〟って。それで〝三人いっしょですか〟って言うから〝とりあえず、うちと彰のとこ、やってください〟って。次の日、弁護団の事務所に行くことにしたんだ」

二十七日の朝、光次の家に電話で連絡した。仕事を休めない父親たちに代わって、武志と光次の母親が、「子どもの人権弁護団」の〝事務局〟となっている吉峯康博弁護士の事務所を訪ねることになった。

警備員から弁護士に

日本では高度経済成長に突入した一九六〇年代後半から、学校は経済成長達成に必要な人材を偏差値という画一的なものさしで選別する場としての機能を強めていった。

教師に対する上からの管理も強まって、決められたとおりに授業を進めていかざるをえなくなり、教育にとって大切な教師と子どもたちとのあいだの信頼関係が失われ、学校教育そのものの形骸《けいがい》化が一挙に進行した。

その結果、子どもたちの多くは授業が理解できず落ちこぼされる。教師に対する不満が教師への暴力などによって爆発する。それを学校は警察の力を借りて抑える。不満のもっていき場がなくなった子どもたちは、登校拒否やいじめ、そしてシンナー吸引などの非社会的な行動へと追いこまれるという悪循環が生みだされた。

いじめ、教師体罰、校則による厳しい管理など、子どもの人権が侵されつつあることに憂慮した日本弁護士連合会は、一九八五年に秋田で、「学校生活と子どもの人権」をテーマにシンポジウムを開いたのをきっかけに、子どもの問題に積極的に取り組みはじめた。

全国各地に「子どもの人権一一〇番」や無料相談窓口が開設され、東京弁護士会では「子どもの人権救済センター」などを設けて、子どもたちの声に耳を傾けた。

そんな流れのなかで、子どもの人権に関心を示す弁護士たちが、少年の権利を守るための全国的な弁護士ネットワークをつくろうと一九八七年に結成したのが「子どもの人権弁護団」である。「弁護士会はあるんですが、会として個別の少年事件に迅速に対応するのは難しい。とくに会員が少ない弁護士会ではね。それで、全国に弁護士の実働部隊のネットワークをつくって、依頼があれば素早く出動できる体制をつくったわけです」

事務局長を引き受けた吉峯弁護士は、発足当時の経緯をこう説明する。

吉峯弁護士が、少年事件とかかわりを持つようになったのは、弁護士を開業したばかりの一九八一年の夏のこと。ある私立高校生の父親からの電話が、きっかけだった。

「息子がオートバイの暴走行為で警察に捕まったが、本人はやってないと言っている。このままじゃ、学校も退学になるし、なんとか助けてほしい」というのだ。

調べてみると、暴走行為で家裁に送られた少年十九人のうち、六人が無実とわかった。

「オートバイの水増し事件でしてね。ほんとうは十二、三台で走っていたのを十九台にされちゃった。ぼくが担当した子は、当時オートバイを持ってなかったことがわかって、家裁から非行事実なしの決定が出た。ところが、一足先に家裁の決定が出て、少年院に入っている子どもがいた。その中にも、えん罪の子が一人いることがわかったんですよ」

静岡の少年院まで出かけていって面会すると、少年は「警察で暴走行為に参加してないと何度も否認したが、認めてもらえなかった」と涙を流して訴えた。

警察の取り調べで、暴力を振るわれたり、大声で怒鳴られて、自白を強制されたこともわかった。

いまでも少年事件では、弁護人にあたる付添人の選任が義務づけられていない。この少年も、付添人がいないまま一人、家裁の審判廷に立たされ、なにも言えずに処分を受けていたこともわかった。

少年の無実を確信した吉峯弁護士は、少年院送致の決定を出した東京家裁八王子支部に、少年の保護処分取り消しを申し立てた。

「少年事件は、おとなと同じような再審の手続きが規定されてないんです。困りましてね。えん罪なのに救済の道がないんじゃ。それで、少年法をいろいろ検討して、このケースはまだ少年院に在院中だから〝運用上の誤りを立証できる明らかな証拠があとで出てきた場合、その処分を取り消せる〟という保護処分取消規定が使えるんじゃないかっていうことで、申し立てをしたんですよ」

結局、少年の供述が信用でき、しかもアリバイが認められることなどから、家裁は少年側の主張を認め、少年はえん罪を晴らして少年院を退院することができた。

当時は少年事件で、保護処分の取り消しを求めて争うケースは珍しく、マスコミでも「八王子暴走族えん罪事件」と、大きく扱われた。一人の少年が、取り調べの状況を、約一時間、マイクロカセットテープに隠し撮りしていたことから、乱暴な取り調べぶりが暴露され、波紋を広げた。

「少年事件は、付添人もいない事件が大半。ほかにも同じようなえん罪事件があるんじゃないかと、この事件を素材にして書いたり、話して回っているうちに、ほかの少年事件に結びついて少年事件に深くかかわることになったというわけです」と吉峯弁護士。

一九八六年二月、JR盛岡駅でいじめを苦に自殺して大きな社会問題となった東京・中野区立富士見中学の鹿川裕史君の事件で、学校側の指導責任を問う民事裁判の弁護人でもある。この事件は、東京地裁が、いじめの存在に気づかなかったという学校側の言い分を認める判決を出したため、これを不服として控訴、現在、東京高裁で審理中だ。

吉峯弁護士が少年事件に関心を抱くきっかけとなった八王子の暴走事件を依頼してきた高校生の父親は、吉峯弁護士が司法試験に合格するまでの〝浪人時代〟に勤めていた小学校の少年野球チームの監督だった。

「ぼくは世田谷の区立の小学校で警備員をやってたんですよ。依頼主の父親は酒屋なんだけど、少年野球チームの監督やってるから、警備員にはよくしてもらいたくて、タバコ持ってきてくれるとか、そういう関係だったんです。うれしかったですね。警備員時代を知ってる人が、新米弁護士のぼくを頼ってくれたことが」

吉峯弁護士が司法試験にはじめて挑戦したのは、早稲田大学政治経済学部四年に在学中である。弁護士を希望したのは、父親が厚生事務官で、国立病院の職員だったことが、大きく影響していた。

「親父がハンセン病の病院にもいたことあるんです。いまは建物もきれいになりましたけど、親父がいたころは、木造のボロボロで、厚生省に建て替えの要望にいくでしょ。〝そんなことできない〟と断られる。〝火事になったらどうするんですか、からだが不自由な人は逃げられませんよ〟と訴えても〝しょうがない〟って相手にされない。そんな話を親父から聞いたりなんかして、日本はなんて小を殺して大を生かすみたいな社会だろうと。そのへんが一つの原点となって、将来は弱い者の人権のために闘う弁護士になりたいと考えていた。だから、ぼくは裁判官だとか検事だとかになろうなんてことは、一度もなかったんです」

大学を卒業して二年目。司法試験に合格できないまま世田谷区の職員募集に応募した。

「親に好きなようにやっていいけど、自分で稼いで勉強してくれないかと言われて。下に弟と妹が三人いて、親父も経済的にヒーヒー言ってましたから。それで、世田谷区役所に願書を出したんです。警備員というのにね。正規の職員だし、ちゃんと、給料もらって勉強できると聞いてましたから」

翌年秋に結婚。警備員時代は、司法試験に合格するまでの約六年間、組合の文化厚生活動の責任者などをした。

野球部とテニス部をつくり、野球部は都の警備員組合の大会で優勝するほどの実力だった。

「みんなが必死になって勉強してるとき、こっちは組合のビラつくったり、野球部のお知らせをつくってるわけ。妻には〝そんなことばかりやって、あなたには受かってもらわないと困る〟とぐちを言われましたよ。でも、自分が食べてる職場で、将来人権のために闘う、不合理のために闘うという人間が、組合活動もしないのおかしいと思ったね。自分は受験生です、勉強してますと、なにもやらないのはね」

小学校の警備員時代がなければ、「八王子暴走族えん罪事件」があっても、その後は少年事件にかかわることもなかったかもしれないという吉峯弁護士。

えん罪だと確信

「土曜日でした。午前十一時ごろ、事務所に行くとお母さんたちが、もう待っていましてね。話を聞いて、〝これはえん罪だ〟と直感しました。ほかの弁護士は、いろいろ記録を調べて〝これは、えん罪だ〟と確信がわいたというんだけど、ぼくは、まずカンですね。少年たちが逮捕されたときから、おかしいなと思ってましたよ。以前、大阪で老女を殺したとして無実の小学六年生がつかまった事件があって、それを思いだしたんです。もちろんカンだけじゃ裁判は勝てない。家裁の審判が始まるまでの短期間に材料集めて、シロになるものを出さなきゃいけない。それには、強力な弁護団が必要だと考えたんです」

吉峯弁護士は、二人の少年の母親の話を聞いて「こりゃたいへんなことになったぞ」と緊張した。母親と息子が殺されている強盗殺人事件で、犯人は中学を卒業したばかりの少年たち。審判までいくらもない……。その彼らが無実を主張しはじめている……。強力な弁護団を組織しなければ……。いよいよ、「子どもの人権弁護団」の出番がやってきたぞ……。しかし、だれに頼めばいいんだ……。みんな忙しい……。

吉峯弁護士は、頭のなかに「子どもの人権弁護団」のメンバーの顔を思い浮かべながら、母親の話に耳を傾けた。

「勝つためには刑事事件に熟知している人も必要だ。少年えん罪事件の経験者、そして機動力に富む若手もほしい」

母親たちの話を聞きながら、これはと思う弁護士に次々に電話を入れた。

「少年事件をやったことがあれば、少年が重大事件で犯行を否認することが、どんなにたいへんなことかはすぐわかるんです。みんな〝あうん〟の呼吸で、引き受けてくれました」

吉峯弁護士の電話で、その日の午後には、三人のベテラン弁護士をそれぞれキャップ格に、中堅、若手の弁護士六人が加わる弁護団の構成が決まったのだ。

事件の主犯格とされている武志は、最悪の場合、検察庁に逆送致されて一般の刑事事件として裁かれる可能性があった。

「このため武志の付添人には、刑事弁護の経験が豊かなうえに女子大生強姦殺人事件で、養護施設内の暴力管理と社会的責任を追及した木下淳博弁護士に主任になってもらうことにした。そして、女性死刑囚が夫殺害の無実を訴え再審を求めている諸橋事件の弁護団の一員である羽倉佐知子弁護士、それに三人目の若手として弁護士二年目の村山裕弁護士をつければ、万全だと考えたんです」

殺人の共犯とされた光次の付添人には、吉峯弁護士が主任を引き受け、暴走族の集団暴走事件で、犯人に仕立てあげられた少年を救った経験のある栄枝明典弁護士と、司法研修所で村山弁護士と同期の若手、安部井上弁護士を配置した。

事件当日のアリバイが、えん罪を晴らす決め手となった見張り役の彰には、主任付添人に多くの刑事事件も手がけ、千葉県柏市の「みどりちゃん事件」で、最高裁判所に少年にも再審の権利があることを認めさせた若穂井透弁護士。司法研修所時代から少年事件と取り組み、えん罪事件も経験している須納瀬学弁護士、これに弁護団でただ一人、二十代という森野嘉郎弁護士が参加することで、九人の顔ぶれが決まった。

だが、弁護団の結成早々、問題が持ちあがった。

武志たちの親は、すでに町田弁護士に着手金まで払って、付添人を依頼していた。その町田弁護士を解任しないかぎりは、弁護団は三人のために何ひとつ付添人活動はできないのだった。

吾郎は町田弁護士に急いで連絡をとろうとした。

「電話をしても〝きょう出張です〟とか〝裁判所で調書読んでます〟とか全然、本人と連絡がつかない。審判の日はどんどん迫ってるんで、私のほうで一方的に解任届出して、人権弁護団に頼むことになったんです」と吾郎は当時をふり返る。

警察での供述をくり返す少年

「ちょっと頼みたいことがあるんだ」

見張り役とされた彰の弁護を担当した須納瀬学弁護士の自宅に、吉峯弁護士から電話があったのは、昼食をすませ、妻とお茶を飲みながら雑談をしていたときだった。

この日は土曜日で、仕事は休み。朝から自宅にいた。

「また原稿ですか」

須納瀬弁護士は、気のない返事をした。吉峯弁護士がまた、自分が担当した少年事件の報告を依頼してきたと思ったのだ。

「そんな生やさしい話じゃない。綾瀬の母子殺人の少年が否認してるんだ。弁護団を結成するんで、参加してもらいたい」

吉峯弁護士の顔色が変わるのが声でわかった。

「綾瀬の母子強盗殺人事件は、ちょっと気になってた事件なんです。女子高生監禁殺人事件で犯人の少年たちが逮捕されて、すぐにこの子たちの逮捕でしょ。〝なにか変じゃないか〟って妻に話してたこともあって、〝否認した〟って聞いて〝あの事件か〟とびっくりしましたね。えん罪だとするとたいへんな事件だし、すぐに〝やります〟と返事しました」

翌日は日曜日だったので、須納瀬弁護士と森野弁護士が担当することになった彰に面会できたのは、二十九日、月曜日の午後になった。

地下鉄有楽町線の氷川台駅から、北へ十五分ほど歩くと、左手に黒ずんだコンクリート塀に囲まれた東京少年鑑別所が見える。

弁護士の面会受付で、申請書に彰の名前を書くと、二人は面会室に入った。

「二十六日の日、きみの仲間の武志君は〝現場のマンションに行ってない。警察で無理やり言わされたんだ〟と、お父さんとお母さんに泣いて訴えたんだけど、きみはどうなの」

面会室は四畳半くらいの広さだった。

スチール製の机といすがあるほかは、心をなごませるような物は何一つ置いてない。

白い壁の殺風景な部屋で、須納瀬、森野両弁護士は、はじめて彰と向かい合った。

「犯行のあった十一月十六日は武志と光次の三人でマンションに行きました。武志と光次は上に行って、ぼくはマンションの入り口にいた。十四日、十五日に、お金取る相談して、光次が部屋にいた人を取り押さえる、武志がお金のありかを聞きだす、ぼくがお金を探しだすと、三人の役割を決めたんです」

小太りの彰は、丸い顔をニコニコさせながらしゃべった。

口蓋裂症《こうがいれつ》の手術のため、発音が不自由で、鼻にかかった言葉に慣れるのに最初は戸惑った。

「動作もちょっと緩慢だし、見るからに気も弱そうでしょ。〝あー、いじめられっ子だな。大事件起こす子じゃない〟というのが第一印象でした」と須納瀬弁護士。

だが、犯行当日の行動については、何度聞いても「マンションに行ったのはまちがいない」と譲らないのだった。

「お父さんは、きみがその日、船橋の仕事場にアルバイトに出ていて、アリバイがあるはずだと言っている。ほんとうにマンションへ行ったのかい」

「マンションの正面玄関のあたりを一時間ぐらいうろうろしてたんです。知ってる人には会わなかったけど、郵便屋さん、宅配便、犬の散歩をしてた人、子どもを連れて買いもの袋下げたおばさん、いろんな人に会ったよ。次の日、分け前のお金で、イトーヨーカ堂で歌手の荻野目洋子と藤谷美紀のカセットテープ二本を買いました。残りはセブンイレブンで、タバコとかお菓子買うのに使っちゃった」

二人の弁護士は三時間近くねばったが、彰は、警察の供述調書にあるとおりの内容をくり返すばかりだ。

とうとうこの日は、「やってない」という否認の言葉を、彰から聞くことはできなかった。

鑑別所を出た二人は、永川台の駅前に戻りハンバーガーショップで、村山裕弁護士と落ちあった。

村山弁護士は武志の付添人で、ほぼ同じ時間に武志に面会していたのだ。

「武志は否認した。いろいろ聞いたけど〝やってない〟というのはまちがいない感じだな」

村山弁護士の報告を、ハンバーガーをかじりながら、須納瀬弁護士は浮かぬ顔で聞いていた。

「彰は〝行った〟といってるんだよね。パッと聞いた感じでは、もっともらしく話すし……」

彰が、事件当時の模様をあまりにスラスラとしゃべるんで、須納瀬弁護士は、マンションに行ったこと自体は事実ではないかと、真剣に考えてみたほどだ。

「つまり、彰はマンションの前で見張りをやった。しかし、強盗に入ったのが武志と光次じゃなくて別の人物。彰はその真犯人をかばうために、三人でやったと言っているんじゃないかと、推測したんです。それはないだろう、ということになったんですが」

事務所に帰ると、光次の付添人の安部井弁護士に電話をした。光次も、警察での供述をひるがえし「やってない」と否認したという。

光次は、この日午前中に面会した母親から、武志が否認した話を聞いた。

だが、母親が「やったのか、やらなかったのか」と尋ねても、ただ黙っているだけで、答えなかった。

「武志が否認しても、彰が〝やった〟と認めれば、武志の言ったことがうそだと受け取られてしまうんじゃないか。それで、彰がどう言ってるのか心配で、返事に迷ってしまったんです。午後、安部井弁護士が面会に来たんだけど、そのときは、無実でこんなところにいるよりは、ほんとうのことを言ったほうが出られるかもしれないと、自分で考えて〝やってない〟と話したんです」

と光次。

結局、弁護士の面会で、武志と光次が否認、彰は警察の供述どおりと、三人の主張がまったく対立してしまう結果になった。

武志と光次に合わせて「やってない」という無実の弁護をするのか、彰の主張に沿って「やった」ことを前提にして、保護処分の必要性を問題にしていくのか。

「難しくなったな。このままじゃ審判の弁護方針が立たないぞ」

須納瀬弁護士は、彰からの聞き取りをワープロに打ちこみながらも、頭を抱えこんでしまった。

「とにかくもう一度会って話を聞くしかないな」

予定を一日くり上げて、須納瀬弁護士が、彰に二度目の面会をしたのは、翌三十日、火曜日の午前十時のことだ。

人間に密着した仕事を

須納瀬弁護士は、言葉にハンディのある彰の付添人になったことに、なにか因縁めいたものを感じていた。東京大学に在学中、障害者のボランティア活動をしていた経験があったからだ。

「ぼくは鹿児島出身なんですけど、高校時代からジャーナリストになろうと思って、大学に入っても、最初は四人ぐらいで読書会つくって、ルポルタージュなんかを読んでたんですよ。でも、すぐに〝ルポなんか読んでいてもつまんないや〟ってことで、先輩の紹介で小平市にある〝あさやけ作業所〟という障害者の施設に手伝いにいくことになったんです。大学一年の九月ごろだったかな」

「あさやけ作業所」には、二十人ほどの障害者がいた。知恵遅れの人もいれば、肢体不自由の人もいるといった具合で、いろいろな障害を持つ人が集まっていた。

最初のころは、週一回作業所に顔を出し、車イスを押したり、廃品回収やバザーの準備などを手伝っていた。

「仕事が終わって、喫茶店で恋愛論とまではいかないけど、障害者の人たちとみんなで異性の話をしたりするでしょ。そんな話出るとは予想もしてなかったですから、最初ショックでしたよ。知的には遅れていても、感情はものすごく豊かな人がいたりしてね。障害者もほんとうに同じなんだなと実感できた。それまで、障害者と接する機会がなかったですからね。ここに来れば、自分も人間としていろんなことが学べるんじゃないかと思って、通うようになったんです」

当時、無認可施設だった「あさやけ作業所」は、社会福祉法人の認可に向けて運動を続けていた。職員や障害者といっしょに、市や都に認可の陳情に出かけたり、ビラを配ったりした。大学の授業はそっちのけで、「あさやけ作業所」に通った。

大学二年の四月、法人の認可が決まり運動も一段落すると、次に障害児の遊び場保障の問題に取り組んだ。

「評価は分かれるんですけど、養護学校の義務化で障害児はみんな養護学校に行って、とりあえず学校の問題は解決した。ところが、こんどは帰ってきても、遊ぶ場所がなくて、テレビ見て家に閉じこもっているということで、障害児に遊び場を保障することが問題になったんです」

遊び場所は、公園や学校の体育館を借りることにした。子どもクラブをつくって毎週土曜日の午後、子どもたちと遊んだ。

運動は一年間で、子どもの数が十人から六十人に増えた。

一度に集まることができなくなったため、年長児は別に平日の夜、学校の体育館で運動するまでに輪が広がった。

子どもと遊ぶのは土曜日だけだったが、準備のために週三、四日は小平に通うようになった。それが楽しくて、ますます大学へは行く気になれなかった。

「自分自身、おもしろくて充実感につながってた。障害児のお母さんから言われたんです。〝やっと須納瀬さん明るくなりましたね〟って。障害者と会ったときは、受験勉強から抜けきれない暗い顔してたようなんです」

障害者のボランティア運動にかかわるうちに、社会現象を次から次とポンポン追いかけていくジャーナリストの仕事より、もっと一人ひとりの人間に密着した仕事がしたいと思うようになった。

「社会問題について、知識としては人よりあったと思うんですよ。でも、知識としてあったからといって何をするわけじゃないんです。いいかげんというか。結局、本読んで自己完結してた。

それが、障害者のほうは、現実に生きていかなきゃいけない問題がいろいろあるわけでしょ。そうした困難な状況のなかでも非常にたくましく生きてる。そんな姿見て、自分がごちゃごちゃ言って失礼だったなと。そういう人たちとかかわりながら、生きていける仕事ができたらいいな、と考えたんです」

それには、教師か弁護士がいいんじゃないかと思った。

「大学三年のころ、教師がいいかなと、教育学部に転部することも考えたんです。学生相談センターにも行ったんですけど〝転部はできるけど、よく考えて判断しなさい〟って言われましてね。それで、読書会の先輩たちが司法試験の勉強はじめていて、社会問題に取り組むなら弁護士しかないというムードが何となくあって。法学部だし弁護士のほうがいいんじゃないかと決めたんです」

司法試験に受かったのが二十五歳のとき。

司法研修所に入所すると、少年法研究会をつくった。

「研修所で自己紹介のとき、ぼくの前で少年事件に興味があるというやつがいたんです。いま広島で弁護士やってますけど。それで〝きみもか〟ということで、休み時間に話しあって少年事件やろうということになった。それで、弁護士や家裁の調査官を呼んだり、教育問題を取材している新聞記者を呼んだりして二年間、少年事件の勉強やったんです」

妻も、研修所時代の同期生で、少年法研究会のメンバーでもあった。

「実は彼女も大学時代に子ども会やってるんです。全然別の子ども会ですけど、それで子どもには興味があるということで、いっしょにやりましてね」

弁護士となった翌年、同じく弁護士生活のスタートを切っていた妻と結婚。

そして、彰と出会ったのは、弁護士四年目のことだった。

ぼくは、あのとき行ってない

須納瀬弁護士が、ふたたび東京少年鑑別所に彰を訪ねたのは、五月三十日の午前十時。

この日は森野弁護士の都合がつかず、一人だった。

きのうと同じ面会室で、彰を鉄格子のはまった窓を背に座らせると、須納瀬弁護士はこう質問を切りだした。

弁護士　きのう二人で来たんだけど、話してくれたことは、みんなまちがいないことかな。きのう、実は、武志君と光次君に別の弁護士が会いにいっているんだよ。そしたら、武志君と光次君はやっぱり〝やってない〟と言ってる。

彰　いっしょに行ったのに、なんで〝行ってない〟と言ってるんだろう。

弁護士　彰君の言うことは全然ちがっているんだよね。ぼくはね。きみについた弁護士だから、きみの言うことを信用したいけど、きみの言うことがほんとうだということになれば、彼らは当然重い罰を受けるわけだし、もし万が一にも彼らの言ってることがほんとうで、ところが、裁判で認められなくて、やっちゃったということになってしまえば、武志君でいえば、長いこと刑務所にいなきゃならなくなるわけで。彰君にしても同じことになる可能性はあるわけだよ。彰君を信用しないわけじゃないんだけど、そこのとこを、とことん、きちっと聞きたいなと思ってさ。やっぱり彼らのために、はっきりさせたいなと思って。しつこいようだけど、聞きたいと思ってきたんだよな。

彰　でも武志と光次はやったんじゃないかな。人殺すっていうのは、なにか原因とか恨みとかないと、できないんじゃないかと思うんだけど。なんにも恨みもないのに人殺すのは、なんかあるんじゃないかなと思うんだけど。

弁護士　なんかあるんじゃないかと思うわけ。

彰　なんかあるというのは、恨みとかなんかの原因以外に、いろいろあるんじゃないかと思うんだけど、なんかあったと思う。

弁護士　なにかあったと思うのはあのなかで。

彰　もしあの二人がやってないとすれば、ぼくもやってないから、三人以外でやってないとすれば、ほかの人がやったんじゃないかって。武志君や光次君が人を殺せなくても、ほかの人だれかが、殺したっていう。

弁護士　ほかの人だれかわかる？
彰　どういう人だかわかんないけど、たとえばセールスマンだとかそういう人が入ってやったんだと思う。
弁護士　想像っていうか。
彰　心当たりの人あるわけじゃないけど。
弁護士　そういうことありうるのかな。
彰　ぼくにとってはありうるような気がするんだけど。
弁護士　ありうるという気がするというのは、わかった。ところで、あの日、十六日だけど、マンション行ったのはまちがいないの？
彰　ぼくはあのとき行ってない。仕事行ってて。
弁護士　えっ、それほんとなの？
彰　ほんとに行ってない。まちがいないです。
弁護士　あの日はきみはずっと仕事行ってたの。
彰　十四、十五日は、お父さんに無理やりたたき起こされて行ったのはまちがいない。
弁護士　十四日の日にお父さんに無理やりたたき起こされて仕事に行ったのはまちがいないと。十五日も行ってる。
彰　十五日も十六日も行ってる。

弁護士　十五日、十六日も行ってる、それはまちがいないな。

刑事さんかと思った

彰が、塗装工のアルバイトで、犯行当日は千葉県船橋市の仕事場に行っていたことを認めたのは、面会が始まって十分もたたないころだった。

「顔色が急に変わったんです。それまで、はにかみ笑いしてたのが、きりっと引き締まったというか、意を決したように話しだしたんです」

前日、森野弁護士と面会したとき、彰は最後まで「マンションに行った」と言いつづけた。なぜか。

「二人で来たから刑事さんかと思ったりして」

彰はぼそぼそっとした声で言った。

アルバイトを紹介してくれた徳田昌平の家から、武志といっしょに車で綾瀬署へ連れていかれたときも、綾瀬署での取り調べのあいだも、刑事が彰の前に現れるときはいつも二人だったのだ。

面会室で、テープをとりながら事件のことを根ほり葉ほり聞く須納瀬弁護士と森野弁護士を見て、彰は鑑別所にまで刑事がやってきたのではないかと、疑っていたのだ。

「鑑別所の先生に聞いたら〝付添人は味方だから、刑事とちがって怒鳴ったりしないから、正直に話せ〃と言われて。それで一晩考えて、うそついてもうそが通らないと思って、ほんとうのことを言えばわかってくれると思って思いきって話したんです」

彰は鑑別所で、ノートに日記を毎日欠かさず付けていた。

須納瀬弁護士に、自分の気持ちを正直に打ち明けた三十日の日記には、こう心境がつづられていた。

「うそを言うはずなかったのに、けいさつの人が、信用してくれなく、どなられて、ばかりで、うそをついて、しまった。

べんごし先生やちょうさ官の先生や、かんべつ所の先生などにもうそを、ついてしまいました。ゆるして下さいスイマセンでした。

すのせ先生、はげましてくれて、アリガトウ。すのせ先生が、はげましてくれたりしなかったら、いまだにうそを、言ってるでしょう。

ただ、けいさつとは、もう、ぼくのことなんか信用してくれないんだから、取り調べをやっても、しょうがない。やりたくない。どなられるのも、いやだし調べするのに失こいしもういやだ。しょうじきに、けいさつの人にも言えない。こわくていえない。

これから、どうしたら、いいのか、考えないといけない。

何のためにかんべつ所に、送られたのか。わからない。

いろいろ考えて、べんごし先生や、かんべつ所の先生やちょさ官の先生にも、うそをつかないで、しょうじきに言えるように勇気を出す。
何のために、すのせ先生がはげましてくれたのかわからない。
勇気
新切さ
やさしさ
良い心
なっとくできないものは、なっとくするな。
強い心、だれにも、まけるな。
すなお、
しょうじきに言える。
この8文が、ぼくに、とって大切な言葉です。
しょ来のことっていうか、これからのぼくの大事な、言葉である。けしてわすれないでしょう」
(原文のまま)

第４章　代用監獄の密室で

エリートサラリーマンを捨てて

「三人の少年が犯行を否認したのはいいんですが、そのとき、弁護団に調書はない。三人が警察でいったいどんな自供をしているのか、少年を犯人と結びつける物証はあるのか、事件現場の状況はどうなっているのか、くわしい内容は何もわからない。審判の期日は迫ってるわけで〝調書もないのにどうするんだ〟とえらい騒ぎでしたよ」

武志の付添人となった木下弁護士は、当時をふり返りながら語る。

五月二十六日に武志が少年鑑別所で「ぼくやってない」と両親に無実を訴えたことからはじまった突然の付添人の交代劇。

「子どもの人権弁護団」の弁護士九人が弁護団を結成して、えん罪を晴らそうと動きだしたのはいいが、弁護団の手元には、事件を知るための捜査記録はなに一つなかったのだ。

「とりあえず、武志からの聞き取り書きをはじめましたが、調書を持ってじっくり内容を分析しながら聞いてるわけじゃない。ないところで、とにかく走りだしたんだから」

捜査記録の調書は全部で二十一分冊。積み重ねると一メートルの高さにもなる。それをコピーしてもらうのに一週間もかかった。その間は、家裁へ記録を読みにいった。

捜査記録の一部を手にできたのは六月一日。家裁の第一回審判まで、あと四日。それまでに捜査記録を分析して、武志が無実であるという意見書を用意しなければならなかった。

「容疑者が警察で供述した内容は司法警察員面前調書、いわゆる員面と呼んでいるものなんです。捜査記録のなかでも、逮捕した直後の取り調べだから、短いものも長いものも、そのときの容疑者の心理状態を映すように変わっていく。だから、員面を読んでいけば、もし無実なら、それを明かすタネが、かならずそのなかに隠されているはずなんです」

こう語る木下弁護士が、弁護士を志すことになったのは大学を出て三年目、勤めていた会社をやめてまもなくのときだった。

「忘れもしないですよ。職探しに新宿の職業安定所に行って〝東大の看板は使えませんよ〟みたいなこと言われて。会社もあほらしいし、どうしようかなって考えてたんですよ。たまたま、大学の同期生で、まだ司法試験に受からないでやってるのがいて〝来てみないか〟って勉強会に誘われて、答案書いてみたんです」

勉強会には五、六人の受験生がきていたが、いきなり書いた答案が、そのなかではトップの成績だった。

「そこで、ちょっとやれば司法試験はすぐ受かると、自信持ってしまったわけです」

木下弁護士は大手海運会社のエリートサラリーマンだった。独身寮に入り、週末は会社の厚生施設でテニスを楽しむ、はた目には優雅な独身貴族の生活を送っていた。

「デートするのも会社の女の子でしょ。生活全部が会社丸抱えみたいで〝変だな〟と疑問を感じはじめてたんです。そんなとき、上司の課長が営業部の副部長に出世しましてね」

本社営業部の副部長といえば、会社では社長コースの最初のハードルといわれていた。その人は、これを足がかりに、将来は本社の中枢部門のポストを歩き、最後はトップに上り詰めていくエリート中のエリートだった。

「課長が副部長の席に座って〝おれは生き残った。会社生活何十年やってきて、同期のなかでは死んだやつもいたし、本社に戻ってこられないやつもいる。しかし、おれは生き残ったんだ〟というようなこと、泣きながら言ったんですね。それ見て、自分が勝ち残らなかったら、人生になにが残るんだろうなって考えた。会社での人生を全部読んじゃったみたいで、なにかしらないけど〝やめよう〟と決めたんです」

だが、「受ければ受かる」と自信満々で臨んだ司法試験は、その自信とは裏腹に簡単に合格できるほど甘くはなかった。

司法試験は、受験者の一般的な知識を広く問う択一式の短答式試験、専門の知識をみる論文試験、それに試験官による口述試験をパスしなければ合格できない。

木下弁護士は論文では自信があった。それが、本番では論文試験にいく前の短答式試験でつまずいた。

「短答さえ通れば合格できるんだ」という自信だけは蓄積されていくのだが、現実は一年目、二年目と短答式試験で落ちた。

「動揺するんですよね。その一年間はものすごくつらいですから。次の年まで試験を待たなければならない。この間はメシ食えない。結婚してたし、子どももできたでしょう。それに、ぼくのなかに〝自分は勉強したら絶対に負けない〟という強烈な一番意識がありましたからね。あの当時は〝おれは不運だ、不運だ〟と、世の中のろってましたよ」

女子大生強姦殺人事件が転機に

四度目の挑戦で、司法試験に合格、司法修習生時代は、刑事弁護をやりたいと思っていた。木下弁護士自身、学生時代に学園紛争で逮捕された経験があり、そのときの代用監獄での体験が、刑事弁護の道を選ぶ一つの理由になっていたのだ。

一九六八年、ベトナム戦争に参加した米海軍の原子力空母エンタープライズの長崎県・佐世保港への寄港をめぐり、学生と機動隊が激しく衝突した「エンプラ闘争」の年だった。

「大学二年のとき、なにも知らずデモに誘われてついていったんです。地下鉄の霞ケ関駅で降りると〝走れ〟って声がするもんで、そこがどこかも知らず、前に続いて走っていくと、途中でヘルメット渡された。気がついたら外務省に突入してたんです。誘ったやつは途中で逃げていた。それで、捕まって南千住署に入れられたんです。紀元節のころだったですね。東京が雪降っていちばん寒いときなんですよ。代用監獄は外といっしょだから死ぬほど寒い。いま刑事弁護やって、一日でも拘留期間を短くしてやりたいと思うのは、代用監獄での三日間がぼくの原点なんです」

弁護士になって二年目、女子大生強姦殺人事件を起こして逮捕された、修という十九歳の少年の国選弁護人を引き受けた。

修は前の年、住居侵入未遂事件で家裁送致になり、木下弁護士が、はじめて少年事件の付添人を経験した少年だった。

「電車のなかで女子大生殺しの夕刊記事を見て、〝あっ、あいつだ〟と思った。手口が似てましたから。私にしてみれば、修の付添人をした事件からまだ一年しかたってないのに〝またやったのか〟と腹が立ちましてね。それで、同僚の女性弁護士に〝こういう事件、新聞で見たんだけど、おれはガックリきてる〟と話したんです。そうしたら、その弁護士が〝修のとこに会いにいってやりなさい〟と言うんです。〝修を知ってるのは、あなたしかいないんだから、あなたが弁護をやりなさい〟というわけですよ。それで、いやいやながら行きましてね」

木下弁護士は、最初の住居侵入未遂事件を受け持ったとき、「事件としては軽いものだ」ぐらいの認識しかなかった。

修を担当した家裁の女性調査官から「この事件は、かたちは住居侵入事件ですけど、ものすごい重い事件ですよ。生い立ちからしてかなり問題がある。これから修が大きい事件起こさなければいいですがね」と言われても、その意味がよくわからなかった。

修は母親が刑務所に服役中に生まれたため、乳児院、養護施設で育ち、家庭の体験がなかった。

ところが、女子大生強姦殺人事件で修の弁護人を引き受けて、調査官の言葉をあらためてかみしめることになるのだ。

裁判がはじまったある日、修がいた養護施設の指導員をしていたという男が、事務所を訪ねてきた。この事件には、大きな裏があると思うので調べてくれというのだ。

「養護施設の組合がつくったパンフレットをもらったんです。内容を読むと、なかなかしっかりしていて、殴るような教育をしてはいけない、というようなことが書いてある。それで、修の生い立ちを真剣に調べてみようと思ったんです」

そこから、浮かびあがってきたのは、三歳から中学を卒業するまで育った養護施設で、虐待やリンチを受け、人間性や社会性が未発達のまま成長させられた修の姿だった。

「修の生い立ちとか養護施設での生活が、修の人格形成に大きな影響を与えていることを家裁の調査官は見抜いていたんですね。事実を争ったり、テクニック的な事件じゃないですけど、少年事件では、成育環境などが少年の人格形成にどんなに大切なことか、身を持って教えられた事件でした。ぼくが少年事件をやっていく、決定的な動機になりましたね」

この事件を担当したのがきっかけで、その後、木下弁護士は、少年事件や刑事事件にかかわることが多くなった。

典型的なえん罪の教科書

九人の弁護士たちは、六月に入ると連日、吉峯事務所に集まって、弁護団会議を開いた。九人とも、それぞれの弁護士事務所で仕事をかかえているので、集まりはじめるのは午後八時ごろからだ。

会議は、いつも弁護方針についての議論がふっとうして、終わるのは午前一時、二時。

自宅に帰らないで、机の上や、床に新聞紙を敷いて寝る者も出てきた。事務所は警察の「捜査本部」のような雰囲気に包まれていた。

捜査記録のコピーの一部ができあがってきたのが六月一日。家裁の第一回の審判まで、あと四日。徹底的な調書の分析がはじまった。

驚いたことに武志の供述調書は、刑事事件をこなしてきた木下弁護士の目から見ると、「えん罪の教科書にしてもいい」というぐらい矛盾に満ちた内容だった。

武志の供述調書は全部で十六通ある。

警察で作成した司法警察員面前調書（員面）が十通、検察庁の検察官面前調書（検面）が六通。

最初の調書は、武志が逮捕された翌日の四月二十六日付で作成されている。

供述調書

本籍　東京都葛飾区××町××番地
住所　東京都足立区××町××番地
職業　塗装工
氏名　戸部　武志
昭和四十八年×月×日生（十六歳）

右の者に対する強盗殺人被疑事件につき、平成元年四月二十六日警視庁綾瀬警察署において、本職は、あらかじめ被疑者に対し自己の意思に反して供述する必要がない旨を告げて取り調べたところ、任意次のとおり供述した。

去年十一月十六日午後二時すぎ、綾瀬にあるマンションの志田方に強盗に入り、前から知っていた真君と真君のお母さんを殺したあと、お金を奪って逃げたことで、きのう警察に逮捕されましたが、まちがいありません。

これは、中学時代の同級生
早川　光次（十五歳）
峰山　彰（十六歳）

の二人といっしょにやりました。
このときの状況を簡単に説明します。
十一月十六日午後二時ころ、彰の家を三人で自転車に乗ってでかけ、マンション前の自転車置場に自転車を置き、二、三日前に計画したとおり、彰を見張り役としてマンション一階エレベーター前に立たせ、ぼくと光次の二人がエレベーターで五階に上がり真君の部屋の前まできたのです。
ここでぼくがバッグに入れてもってきた手袋と折りたたみ式ナイフを光次に渡し、ぼくがカッターナイフをもって、強盗に入ることにしたのです。
ぼくが先頭を切ってドアを開け部屋に入ると、真君のお母さんがベランダのほうで洗濯物を取りこんでいる感じでした。
真君のお母さんは、ぼくたちに気づいたらしく、部屋のなかに入ってきてびっくりした様子でした。
そこで、ぼくがもっていたカッターナイフをお母さんにつきつけ、ぼくが
金だせ、金はどこにあるんだ
というようなことを言って脅すと、真君のお母さんは
金はありません
というようなことを言っておびえていました。ちょうどそこに、学校から帰ってきたのか、どっ

かの部屋からでてきたのかわかりませんが、真君が来て

お兄さんたち何してんの

と話しかけてきたのです。

ぼくは、真君に

うるせえな、あっちへ行ってろ

と言いながら、突き飛ばしたところ泣きだしたので、騒がれてはまずいので、ぼくが口をふさぎしずめようとしたのですが、暴れだしたり逃げようとしたので、準備してきたヒモで真君の首を絞めて殺したのです。

この間、真君のお母さんも逃げようとしてドアのほうに走っていったので、光次がつかまえて、光次が、真君のお母さんを殴ったり蹴ったりしたあと、首を絞めて殺したのです。

二人を殺したあと、タンスや下駄箱等を探したのですが、金がみつからずタンスの引き出し等やバッグの中等を探しました。

金はどこにあるんだろうと探しているときに、テレビのある部屋の床に財布があり、そのなかに入っていた現金五万円くらいを抜きとり、逃げてきたのです。

奪ってきた現金は彰の部屋で三人で分けました。

事件のとき使ったカッターナイフや折りたたみ式ナイフ、ヒモ等は近くの下水道にすてました。

事件を起こした状況は、だいたいいまお話したとおりですが、私のカンちがい等もあると思いま

すので、よく思いだし、くわしいことはあとでお話します。

戸部武志　指印

右のとおり録取して読み聞かせたところ誤りのないことを申し立て署名指印した。

前同日

警視庁綾瀬警察署派遣

警視庁刑事部捜査第一課

司法警察員巡査部長　東山豊次

立会人

右同

司法警察員巡査部長　伊川信俊

この調書から、事件は被害者と顔見知りだった武志の主導で計画されたもので、武志が真を、光次が母親の幸江をそれぞれ絞殺して、金を盗みだし、彰は外で見張り役をしていたという基本的な構図が浮かびあがる。

残りの調書を読み進めていけば、白昼にマンションの一室で起きた惨劇の、さらにくわしい筋書きが見えてくるはずだった。

「武志の調書をよく調べてみると〝ほんとうのことを言います〟〝前に述べたことは実はうそで

した〟と供述を撤回している調書が八通もある。刑事事件のおもしろさというのは、調書を読んで読んで、なにも糸口のないところから、フワーと霧が晴れるように事件の構図が見える一瞬がある。その瞬間のためにやるようなもんなんです。ところが、この事件はプロの目から見ると、とてもじゃないけど見るに耐える代物じゃない。調書の一カ所がたまたま変転してるから、おかしいなと思って探したら、そこから糸口が出てきたというんじゃなくて、七回も八回も変転してる。調書がぼろぼろでしょ。ぼくらの料理に必要な新鮮な材料を、スーパーで買い入れたようなもんなんですよ」と木下弁護士。

それは、武志の真殺害の供述に典型的に表れていた。

転々と変わる凶器の供述

「準備してきたヒモで真君の首を絞めて殺しました」

最初の調書（四月二十六日付員面）で武志は、真を殺した凶器を、バッグから出したヒモと供述していた。

それが、五月二日付検面では「真君のズボンからベルトを外し、それで首を絞めたのです」となんの説明もなく、突然「真のズボンベルト」に変わってしまう。

さらに「ぼくのはいていた青色ジーパンズボンから、幅三センチくらいの黒色皮製のベルトを外し」（五月五日付員面）と、こんどは「真のズボンベルト」から「ぼくの黒色皮製ベルト」に二転。

そして、最後は「タンスのまんなかぐらいの引き出しを真君にまたがったまま少し伸びあがってみると、引き出しの端のほうに本を十文字に縛って持ち歩くときに使うような幅三センチくらいの布で出来たベルトみたいなものが見えたので、それを取りだし」（五月十一日付員面）と、「タンスにあった布製ベルト」へと三転してしまうのだ。

武志は、凶器が布製ベルトに確定した五月十一日付員面で「うそをついた理由は、当時どんなもので絞めたか思いださなかったのですが、刑事さんから宿題だと言われ、そのあと毎日考えつづけたところようやく思いだしたのです」と、凶器の供述が転々とした理由を述べている。

しかし、武志がほんとうに真を殺したのなら、犯行に使った凶器を忘れてしまい、刑事に「宿題」を出されてはじめて思いだすというのは、なんとも不自然な話だ。

それに、真を殺す姿勢が、武志と光次の供述で一致しないのもおかしい。

武志は「真君にまたがったまま」（五月十一日付員面）と馬乗りの姿勢で首を絞めたと供述しているのに、武志のすぐ後ろで見ていたはずの光次は「部屋の奥のほうを向いたまま両ヒジを張る格好をし、子どもの首を絞めているのがわかりました」（五月十日付検面）と明らかに立ったままの姿勢を考えている。

見誤るはずのない場面で二人が矛盾した供述をしているのは、なぜか。

調書には、その理由は書かれていない。
母親の幸江の殺害では、犯行の基本的な部分である電話コードで首を絞める場面の供述が、まるでパズル合わせのように激しく変転する。
電話コードがはじめて調書に登場するのは、五月二日付の検面だ。
「光次が、おばさんの髪を引っ張り、殴ったり、蹴ったりしました。おばさんは倒れてしまいました。ぼくと光次は、おばさんをまんなかの部屋に運びました。光次はロープでおばさんの腕を縛りました。ぼくはヒモでおばさんの足を縛りました。そのあと、ぼくが光次に電話のコードで首を絞めちゃえと言ったのです。光次は電話のコードでおばさんの首を絞めました。おばさんは死んでしまいました」
ここでは、殺害の順序は「おばさんをまんなかの部屋に運ぶ—腕と足を縛る—電話コードで首を絞める」となっている。
それが、
「手足を縛る—まんなかの部屋—電話コード」（五月五日付員面）
「手足を縛る—まんなかの部屋—電話コード—タオルでさるぐつわ」（五月六日付員面）
「手足を縛る—まんなかの部屋—タオルでさるぐつわ—電話コード」（五月十一日付検面）
「手足を縛る—まんなかの部屋—タオルでさるぐつわ—電話コード—左肩をひっくり返す」（五月十二日付員面）

「手足を縛る—まんなかの部屋—電話コード—タオルでさるぐつわ—ひっくり返してうつぶせ」
（五月十三日付検面）

　このように五回も供述の変転をくり返しているのだ。しかも、電話コードで首を絞めたのは光次のはずだったが、五月六日付員面では「ほんとうは光次が電話コードでおばちゃんの首を絞めたのではなく、ぼくが電話コードで首を絞めたのです」と、重要な部分で供述が変更されている。

「結局、自分の体験していないことを、刑事の誘導でしゃべらされているんですよ。捜査の都合で、死体の状況や光次の供述と矛盾すると、武志に供述を変えさせ、つじつまを合わせている。だから、〝ほんとうのことを言います〟とか〝うそをついていました〟とか、そのたびに供述を訂正、撤回させているんです。そんな供述のつじつま合わせをしても、客観的な事実とのくいちがいは、隠しようがないですがね」

　弁護団で鑑定関係の報告書を分析したところ、供述調書と現場に残っている物的な証拠が数多くの点でくいちがっていることも明らかになった。

　検死立会報告書や解剖所見によると、真の首には、首を絞められたときにできた凶器の跡の索条痕と、皮膚がはがれる表皮剝脱が見られた。

　凶器が武志の供述どおり布製ベルトであれば、真は首を激しく振って抵抗しているはずだから、布製ベルトには、かならず、はがれた皮膚やにじんだ血がつくはずだ。

「実況見分調書には、布製ベルトに真の皮膚や血液が付着していたという報告はありません。真の首のほうには、ベルトの繊維がつくはずですが、こちらもベルトの繊維と一致したものがあったという鑑定結果は出てない。それどころか、真の首に残っていた凶器の織り目は、布製ベルトの粗い織り目と一致しないことがわかったんです。つまり、武志の供述した布製ベルトは、死体の状況から凶器ではないことになる。おかしな話じゃないですか」

凶器への重大な疑問は、幸江の首に巻かれていた電話コードにもある。

検死立会報告書と解剖所見では、幸江の首からは、真の首に残されていた以上に粗い索条痕と、表皮剝脱と皮下出血が見つかっている。つまり、凶器は、真の首を絞めたとされる布製ベルトより表面が粗いものということになる。

電話コードのように節目がなく、表面がなめらかなものでは、幸江の首にあった粗い索条痕がどうしてできたのか、合理的に説明がつかない。

かりにいちばん最後に電話コードで首を絞めたにしろ、犯人はその前に、別の凶器で幸江の首を強く絞めているはずである。

武志が犯人なら、それが何なのかわかるはずだし、凶器が供述どおり見つかれば動かぬ証拠になる。それなのに、なぜか調書には、なにも触れられていないのだ。

つじつま合わせに苦慮する捜査陣

真を殺した部屋についても、武志の供述は客観事実と矛盾がみられる。

真が発見されたのは、玄関を入って左奥の六畳間。布団の上にあお向けになっていた。検死立会報告書と実況見分調書では、真の下着やズボンは、おしっこで濡れた絞殺特有の失禁反応があった。

武志は真を殺害した部屋を「ピアノのある部屋にまちがいありません」(五月十一日付員面)と供述しているので、当然ピアノが置いてある四畳半和室から尿反応検査をすれば、失禁跡が見つかるはずだ。

だが、捜査記録には失禁反応があったという報告はない。

「武志が犯人なら、殺害場所をまちがえるわけがないのに、供述と客観事実は矛盾する。これだけでも、武志の供述は、砂上の楼閣にすぎない。警察の捜査のずさんさは、目を覆うばかりですよ」

一方、犯行に使われたとするナイフや手袋などの道具についても、弁護団の分析は、供述調書に強い疑問を投げかける。

「ぼくがバッグに入れて持ってきた手袋と折りたたみ式ナイフを光次に渡し、ぼくがカッターナイフを持って、強盗に入ることにしたのです」

武志は四月二十六日付員面で、ナイフは折りたたみ式とカッター式の二本を持っていったと、こう供述している。

それが「十二月十六日の昼前に、ぼくはカッターナイフ二本と手袋ふたつを持って」（五月二日付検面）、「このナイフは（一）カッターナイフ一本、長さ十二センチくらい、白色（二）折りたたみ式ナイフ一本、持つところが長さ五センチくらい、丸みがかった青っぽい色」（五月三日付員面）とナイフの種類が変遷したあと、「ぼくがうそを付いており、ほんとうは、カッターナイフと折りたたみ式ナイフは持っていってません」（五月五日付員面）と、突然、自ら供述を撤回してしまっている。

カッターナイフから折りたたみナイフ、そして最後になかった──などと、実際に使った道具を、犯人が忘れたり、まちがえたりすることがあるのだろうか。

指紋を消すために使ったという手袋の供述は、さらに複雑な変遷をみせる。

複雑なのは、組み立てが武志の弟である小学生の供述と、武志のうその供述から成り立っているからだ。しかも武志の弟は、手袋を兄からもらったことは覚えているが、そのほかは何も知らない。それに、この手袋は、まったく犯行には使われていない。汚れていない普通の手袋を犯行に使ったものにでっち上げたから、いっそうややこしくなった。

手袋は、逮捕翌日の四月二十六日付員面では「バッグに入れた手袋」としか記述はなかったが、五月五日付員面で「ぼくが使った濃い紫色の毛糸手袋」と、色や素材がより具体的になった。

ところが、武志は五月十一日付員面で「いままでぼくが使った手袋は、紫色の毛糸のものと話してきましたが、これはうそでほんとうは黒色毛糸の手袋です」と、どうしたわけか、それまでの供述を撤回、手袋の色を「紫」から「黒」に訂正してしまう。

そして、新たに登場した黒色毛糸手袋は「ぼくが中学二年ころ、家の近くにある〝トモエ〟というジーンズショップでぼくが三百円くらいで買ったもの」（五月十二日付員面）と、わざわざ入手先を説明している。

武志が三百円で「トモエ」で買ったという黒色毛糸手袋は、「トモエ」の店主が「二百円のビニール製黒色手袋はあるが、毛糸のものはない」（五月十一日付員面）と、武志と矛盾する供述をしている。

「警察は、逮捕の翌日の四月二十六日と五月三日、武志の家を家宅捜索したんですが、紺色の毛糸手袋しか押収できなかった。これは武志が紫色と言っていたもので、武志は母親の首を電話のコードで絞めたとき血が付いたと供述してますから、当然血痕が付着していなければいけない。それなのに紺色手袋には、血痕はなかった。そこで捜査は混乱した。武志の供述と矛盾することになり、困った刑事が、武志に紺色手袋の代わりに血のついた黒色毛糸手袋という架空の話をつくらせ、それは捨てたことにして、話を合わせたとしか考えられないんです」

一方、押収された紺色毛糸手袋は、五月七日付員面までは武志のものと供述していたが、黒色毛糸手袋の登場に合わせるように、「光次がはめていたもので弟のもの」（五月十四日付員面）と、突如、武志のものから弟の手袋に変わり、はじめは弟のものとされていた水色手袋は、調書からいつのまにか消えてしまうのだ。

ところで、手袋について光次は「武志君も自分で用意した毛糸様の手袋（緑っぽい感じの色）を両手にしていたのです」（四月二十五日付員面）と、調書では一貫して武志の手袋は緑色と供述。同じ犯行現場にいながら、「黒色」という武志の供述とは、くいちがったままだ。

「結局、布製ベルト、ナイフ、手袋と調書で犯行に使われたという道具は、供述がくるくる変転している。証拠としての客観的な裏づけ捜査は、まったくできていない。しかも光次と供述が合わない。これじゃ武志を犯人に結びつける証拠にはとてもならない。武志の供述が虚構であることは明白なんです」

刑事事件に精通している弁護士たちが「えん罪の教科書にしてもいい」とまで言う武志の供述調書は、どのようにつくられたのだろうか。

保育園の送り迎えしながら

「中学を卒業したといっても、まだ武志は子どもでしょ。こちらが疑ってるなと思われると、心を閉ざしてしまいますから、武志が萎縮しないように、とにかくじっくり話を聞くことにしたんです」

村山裕弁護士が、武志と東京少年鑑別所で面会したのは、逮捕から約一カ月後の五月二十九日の午後である。

武志の付添人のうち、木下弁護士と羽倉弁護士が、仕事の都合で行けなかったので、弁護士二年目の村山弁護士が一人で面会することになったのだ。

「色が白くて、ひょろひょろっとしたからだつきでしょ。こんなきゃしゃなからだで、殴っても、たいした力が出ないんじゃないかな、というのが、ぼくの第一印象でしたね」

面会室のスチール製のいすに、ちょこんと腰掛け、じっとうつむいてる武志を見ながら村山弁護士は、同じ年ごろの長男の顔を思い浮かべていた。

当時長男は、武志より一つ下の中学三年生だった。

「うちの息子もからだが小さいんですよ。でも、武志と比べると〝うちのも、けっこう、いい体格なんだな。学校でサッカーやってるからかな〟なんて思いましてね」

それほど、武志はひ弱に見えたのだ。

村山弁護士に長男が生まれたのは、大学院一年のときだ。

「ぼくのとこは両親が教員でしょ。親戚にもサラリーマン家庭がなかったんで、就職して会社勤めするっていうイメージが全然わかなかった。人にかかわれる仕事がしたいと、高校卒業するときは、医者になろうと二年つづけて医学部を受けたんです。結局ダメで、三浪はできないし、法律家なら人間の病理にかかわるという意味では同じだと思って、中央大学の法学部に入ったわけなんです」

入学したころは、「弁護士もいいな」という気持ちは漠然とあった。

だが、周りの学生を見ているうちに考えが変わった。

「司法試験を最初から目指している人たちは、憲法を勉強するにしても、社会的な背景や歴史的な背景があるのに、それを抜きに、学説やって、判例やってと勉強はじめるわけです。受験のテクニックみたいでおもしろくない。そんなんで、すり減らしちゃ、たまらないなと。大学三年のころかな、ゼミの刑法の教授が、おもしろかったこともあって〝大学院に行って学者になろうか〟と決めたんです」

同級生が就職で会社回りに駆けまわるのを横目に、フランス語の力をつけようと、語学学校に通った。そこで、知りあったのが別の大学からきていた妻だった。

大学院に進学すると結婚、妻は一足先に卒業して私立高校の教員になっていた。

「ぼくの両親といっしょに住みましたから、アパート代は助かりましたが、妻が働いてますから子どもの保育園の送り迎えは、時間のあるぼくがやりましたよ」

保育園の送り迎えだけでなく、父母会にも顔を出すようになった。そして、父母会が企画した運動会やバザーを手伝ったりした。保育料値上げ反対の署名を、地域の人たちから集め、市の担当者にかけあうことにも参加した。

二番目に長女が生まれると、無認可の保育園に入れた。

無認可の保育園では、毎週運営委員会が開かれた。父母も参加して、資金づくりや園の運営を手づくりで進めていくのだ。

「地域のお父さんやお母さんと知りあいになれたし、やりがいがありましたね。保育園の活動にかかわることで、子どもたちを取り巻く問題が見えてきた。それで、こういう人たちの運動に役立つ仕事ということで、弁護士も、と考えなおしましてね」

このころ、刑法学者になろうと進んだ大学院だったが、研究生活にも疑問を感じはじめていた。

「刑法の研究というのは学説やるのと、判例のすりあわせ。判例のすりあわせが無意味だとは思わないけど、人だとか、社会が抜け落ちてるんですよね。そういうことに目を配る人は、逆にこの世界じゃ冷遇される。学説読んで、判例こつこつ研究しても、三十歳を超えても講師にもなれないオーバードクターがゴロゴロいましたから、将来も不安だったし」

保育園活動の体験から「社会とかかわる仕事がしたい」という気持ちと、研究生活への不安もあって村山弁護士が、司法試験を受けようと決めたのは大学院四年のとき。

二月から受験勉強をはじめて、五月の短答式試験を受けたが不合格。結局、司法試験に合格したのは、七度目の挑戦で、だった。

「周りに何年やっても受からない人がたくさんいたし、ああはなりたくないなと思ってた。〝自分の勉強の仕方はちがう。自分が受からなくてだれが受かる〟という心境に自分を追いこんでましたよ。苦しいというより、司法試験やめて、なにをやるといってもないし」

希望どおり弁護士になった村山弁護士は、どんなに忙しくても、日曜日はできるかぎり仕事を休み、家族と過ごすことにしている。

「日曜ぐらい家にいないと、共働きだし、どこかにポイントをつくっておかないと、家族が崩壊しちゃう。料理をつくったり、何をしてるわけじゃないけど、父親の存在感がなくなると子どもも変わるしね」

そんな生活も、今回の事件を担当して完全に狂ってしまった。

同世代の子どもを持つ父親でもある村山弁護士は、面会室で警察で受けた取り調べの様子を再現する武志の話に、じっと耳を傾けた。

深夜まで続く取り調べ

白昼、マンションの一室で母子二人が殺され現金を奪われた事件で、武志が綾瀬署の捜査本部に呼ばれたのは、逮捕前日の四月二十四日のことだ。

「塗装工のアルバイトを紹介してくれた徳田さんの家に遊びにいって、コーラを飲んでたら、伊川刑事が来て〝武志と彰をちょっと借りていきますよ〟〝いいですよ〟って徳田さんとのあいだで話になって、彰と車で綾瀬署に連れていかれたんです」

綾瀬署の二階にある取調室に入ったのは、午前十時ごろだった。

取調室は狭く、なかにスチール製の机が一つあった。

机をはさんで武志の前には、警視庁捜査一課の東山豊次巡査部長が座り、横には同じ捜査一課の伊川信俊巡査部長と、係長と呼ばれる刑事が座った。

ときには、さらに二人が入って、五人になったこともあった。

取り調べで武志がまず聞かれたことは、事件当日に不審な男を見た、という目撃証言だった。

武志は事件のあった二日後、光次と彰を誘って現場のマンションに出かけたとき、聞き込みの捜査員に「事件の日の夕方、マンションの屋上で懐中電灯を振りまわしてた男を見た」という証言をしていたのだ。

「おまえ、ほんとうに男を見たのか」

「事件の日はなにをしてたんだ」

刑事の追及に、「現場でテレビに映りたかったけど、うまくいかなくて、おもしろくないんで、うそをいった」と武志は説明したが、信じてもらえなかった。

捜査本部は、武志の目撃証言の裏づけがとれなかったことや、武志が小学生のころ真と顔見知りで、真の家にも何度か行っていること、それに、事件当時のアリバイがはっきりしないことから、武志を有力な容疑者として疑っていたのだ。

「事件の日、マンションに行っただろう」

「うそをつくのが犯人なんだ。犯人はかならず現場に戻ってくるんだ」

刑事は、武志を犯人と決めつけ「早く認めろ」と、自白を迫った。

「やってません」と否認すると「うそつくな」と、耳元に口を寄せて大きな声で怒鳴られた。

夜になると、暴力を振るうようになった。

係長が、武志の髪の毛をわしづかみにして、机の上に出した真と幸江の顔写真に無理やり押しつけた。

「謝れ、謝れ」と怒鳴り、それでも、否認すると、「おまえ、いつまで突っ張ってるんだ」とジャンパーの両肩をつかんで激しく揺すったりした。

伊川刑事と東山刑事は、武志の頭をこずいたり、足を蹴ったりした。ほかの刑事たちも、プラスチックの定規で頭をバシバシたたいた。

こんな取り調べが夜遅くまでつづいた。

「きょうは帰っていいぞ」と解放されたのは、午後十一時ごろだった。それでも、この日は「やってない」と頑張りとおした。

「帰るとき〝警察に呼ばれたことは親に言うな。彰と二人で酒飲んでたと言え〟と口止めされたんで、黙ってました」

二十五日は午前九時に刑事が迎えにきた。

「ほんとうのことを言えばわかってくれる」と父親の吾郎から励まされて家を出たが、綾瀬署の取調室は、部屋も座る場所も前の日と同じだった。

いすに座ったとたん、いきなり「おまえ、やったろう」と怒鳴られた。

「やってません」と言うと「うそつくなよ」と激しく罵倒された。

「やってない」と何回もくり返しているうちに、いきなり前に座っていた東山刑事が立ちあがり、髪の毛をつかむと、頭を横の壁にガンガンぶつけた。

一瞬「怖い」と思った。

いままで、父親からも、学校の先生からも、暴力は受けたことがなかった。心臓が止まるかと思ったほど怖かった。

刑事の顔を見るのが恐ろしくて、下を向いていると、髪の毛を引っ張られた。顔を上げさせられ「おれの顔を見て話せ」と、無理やり言わされる感じになった。

横にいた伊川刑事がいすを蹴飛ばし「素直に言っちゃえよ。いくらな〝やってない〟っておまえが言っても、光次や彰は〝やった〟と言っているんだから、おまえは逃げられないんだ」と怒鳴られた。

「やったと言うのは刑事さん勝手に決めたんでしょ」「光次はほんとうに認めたんですか」と聞くと、「ほんとうに認めたよ。だからおまえも認めろよ」と言われた。

「やってない」「殺してません」「そのときは家にいました」というたびに顔を殴られ、頭を壁にぶつけられた。覚えているだけで顔面パンチ一回。ビンタは二十五回ぐらいだ。夜になった。

しびれを切らした東山刑事が「逮捕状を見せないとわからないのか」と、ズボンのポケットから一枚の紙を出して、武志の顔の前に突きだした。

「戸部武志強盗殺人容疑で……」と書いてあった。

「おまえ、認めるか」と言うから、もうどうでもいいと思って「はい」と答えた。

その瞬間、取調室はどんちゃん騒ぎのようになった。

伊川刑事が「あー、やっと終わったか」と言うと「武志、よく認めたな」とほめた。

そして、その場で上申書を書かされた。

殺していないのになんで

上申書
住所　足立区××町××番地
名前　戸部武志
　　　　昭和48年×月XX日生

　ぼくはS63・11・16日午後2時ごろに峰山彰と早川光次とで志田様にお金をぬすもうとして真君と母にみつかりぼくが真君を殺し、母は光次と彰が殺したことは、まちがいありません。お金の金がくは5万円でぼくは3万円で彰と光次は1万円ずつでした。今は真君と母にもうしわけなく思っています。これからうそを言わないですべて本当のことを話します。

平成元年4月25日

戸部武志

綾瀬けいさつしょちょう殿

上申書という漢字は知らなかったが、刑事が教えてくれた。

「ぼくが真君を殺して、光次と彰がおばちゃんをやった」という上申書の筋書きも刑事に言われたとおりに書いた。

それが終わると、手錠と腰縄をかけられ、車で千住署の代用監獄に連れていかれた。

光次は南千住署、彰は西新井署と三人とも別々だった。

千住署の代用監獄は意外に広かった。

独房のなかには、和式の水洗トイレがあったが、くさいにおいはしなかった。押し入れの場所は看守が教えてくれた。

「おれたちの見える場所で寝ろよ」

看守の声が聞こえた。

武志は自分で布団を敷いてなかに入った。

天井には細長い蛍光灯が三本。ついていたのは一本だけだった。

「殺してないのに、なんでこんなところに連れてこられたんだろう」

「お父さん、お母さんは心配していないかな」

「光次や彰はどこにいるんだろう」

きのうからきょうにかけての出来事が、夢のような感じだ。

「起きてないで寝ろよ」

看守が声をかけてきた。

頭の左にこぶが二つ。取り調べの東山刑事に髪の毛を引っ張られ、コンクリートの壁にぶつけたときにできたものだ。それが痛んだ。平手で殴られた顔もヒリヒリして、眠れなかった。

武志は警察で犯行を自白させられたが、その後、二度「やってない」と否認した。

一度目は翌日の二十六日午後。東京地検に身柄送検で行ったときだ。

検察官室に入ると、検事と検察事務官がいた。

「やったのか」と検事が聞くので「やってません」と、はっきり言った。

検事がどんな仕事をしてるのかはわからなかったが、刑事より偉い人だと思った。

検事に「やってない」といったら調書をとってくれた。

「じゃ、何やってたんだ」と聞かれたので「家にいてたまに本屋へ行った」と答えた。

「やってるだろう」としつこく聞かれることもなくて、検事のところにはそんなに長い時間いなかった。

綾瀬署に帰ると東山刑事に「おまえ、向こうで〝やってない〟と言っただろう。なんでまたうそつきに行ったんだ」と怒鳴られた。

「どうして刑事が否認したこと知ってるんだろう。検事さんはやっぱり信じてくれなかったのかな」と思った。

そんなこと考えていると「おまえやったんだろう」と東山刑事が聞くので、殴られるのがいやで「やりました」と認めた。

二度目は東京地裁。二十七日に裁判官の勾留質問に出かけたときだ。

勾留質問は、検事の請求どおり、武志を代用監獄に勾留して、さらに、取り調べをつづける必要があるのかを判断する場だ。

裁判所に向かう車のなかで武志は「〝やってない〟と言おう」と決心した。

取り調べで刑事から「刑事、検事、そしていちばん頂点に立っているのが裁判官」と教えられたので「いちばん上の人なら信じてくれるかな」と思ったからだ。

勾留質問の部屋は、綾瀬署の取調室より広かった。刑事は中に入らず廊下で待っていた。

「やったんですか」と裁判官。

「実際やってません。刑事に無理やり言わされたんです。暴行受けたんです」

武志は決心したとおりに、裁判官の前で否認した。

ところが、裁判官は武志が「無理やり言わされた」と訴えたのに、詳しく聞こうともしないで十分ほどで質問を打ち切ってしまった。

結局、検事の請求が認められ、武志はまた綾瀬署に戻った。

「裁判官の前で、うそついてきただろう」と、また東山刑事に怒られ、こんどは平手で顔を二回殴られた。

「おまえ、ほんとうはやったんだろう」

だめを押すように聞かれると、武志は「はい、やりました」と答えるしかなかった。

「上の人なら信じてくれる」と思い、武志は検事と裁判官の前で、二度「やってません」と、ほんとうのことを言ったが、結果は逆で、よけい刑事を怒らせるだけとなってしまった。

警察の留置場である代用監獄が、結果として警察、検察側の思うように機能してしまった典型例でもある。

ファスナーの金具で自殺未遂

「やってない」という叫びが、検事と裁判官に届かなかったことに絶望した武志は、逮捕から四日目の二十八日の夜、自殺を図った。

自殺を図った日の取り調べは、午前十時から始まった。刑事に「やりました」と犯行を認めたことで、武志は、厳しい取り調べから、解放されるものだとばかり思っていた。

ところが取り調べはいっそう厳しくなり「真君をなにで殺したんだ」「おばちゃんはどうやってやったんだ」と、刑事は犯行を具体的に説明するよう求めてきたのだ。

これは武志にとって、新たな苦痛のはじまりだった。体験していないことは、話そうにも話せないのだ。

「わかりません」「忘れました」と、その場しのぎで言うと、「ほんとうにやったなら、わかるはずだ」と、刑事に怒鳴られた。

取り調べは、食事をはさんで約十時間つづいた。なにを言われてもうつむいたまま「忘れました」とくり返す武志からは、さすがにこの日は刑事も調書がつくれなかった。

自殺を図ったのは、その夜、千住署の代用監獄に戻ってからだ。

独房に布団を敷くと横になったが、取り調べで怒声を上げる伊川刑事や東山刑事の顔が頭にこびりついて、なかなか眠れなかった。

「また朝になると刑事と顔を合わせなきゃいけないのか」

「いつまでこんなことがつづくんだろうか」

「もう綾瀬署に行きたくないよ」

いくら責められてもなにも答えられない武志の胸のうちでは、取り調べへの恐怖と不安が、激しく渦まいていた。そんななかで、武志は死を考えるようになった。

「このまま生きてて話をしても、刑事はまったく、ぼくの言うことを信じてくれないし、自分は死んじゃったほうがいいと思って……」

自分の手で首を絞めたりしてみたが、うまくいくはずがない。

あれこれと考えた末、思いついたのがジーパンのファスナーの金具だった。

「金具の先端がとがっているでしょ。ファスナーを途中までおろして、とがった部分で左手首を切ったんです」

とがっているとはいえ、ファスナーの金具の先端では、刃物のようなわけにはいかない。切れ味が悪いだけに、そのぶん痛みはひどかった。

それでも、武志は取り調べから逃げだしたい一心で痛みをこらえ、ファスナーの金具の先端で、左手首を力いっぱいこすりつづけた。

十分か十五分もしただろうか、手首の皮がむけ、傷口から血がにじんできた。

「ファスナーでこすっているときは〝警察に行きたくないから、早く死にたい〟とばかり考えてたんです。皮がむけて血が流れてきたとき、なぜかお父さんやお母さんの顔を思いだしちゃって。〝ぼくが死んだら、みんな悲しむだろうな〟と思ったら、急にできなくなって、やめちゃったんです」

次の日の朝、入浴のときに、傷口を看守に見つかってしまった。

「おまえ、なんだその傷は」「なんでそんなことするんだ」と怒られたが、傷口の手当てはなにもしてくれなかった。

伊川刑事が迎えにきて、綾瀬署に行く途中、病院で傷口の手当てをしてもらった。綾瀬署の取調室に入ると、武志の手首のバンソウコウを見た刑事たちは、「おまえ、千住署でやらないで、やるんだったら綾瀬でやれよな」「向こうの人に迷惑かけるなよな」と言うのだった。

武志の自殺未遂にあわてた警察は、取り調べに無理がなかったことを証明するために、取り調べ日記である「被疑者取調べ立合状況捜査報告書」を自分たちに都合のいいように書いた。

そして、武志に調書のなかで「うそをつくのがこんなに苦しいのかと、このときは思いました。そして我まんできなくなり、どうせ死刑になるんだったら自分で死のう。ぼくが死ねば天国にいる真君にも謝ることができると考え、牢屋のなかでぼくの首を自分で絞めたり、ズボンのチャックのとがったところでぼくの左手首を切ったりしたのです」(五月三日付員面)と、自殺未遂の理由を、まったく逆の意味に解釈されるように書かせたのである。

刑事の言葉にヒント

武志が綾瀬署で最初に付添人となった町田弁護士と面会したのは、この自殺未遂から二日後の三十日午後。町田弁護士が、武志の弁護人選任届を出しにきたときである。

町田弁護士は、区議会議員の法律相談に駆けこんできた父親の吾郎から二日前に、武志の弁護人を頼まれたばかりだった。

「やったのか」と町田弁護士に聞かれ「やりました」と、武志はうなずいた。

「〝やってない〟と弁護士さんに言うと、また刑事に知られて怒鳴られるんじゃないかと、怖くて言えなかったんです。〝ほんとうのことを言ってもいいんだよ〟と、弁護士さんは言ってくれなかったし……。そのときは、もうだれも信用できなくなってましたから」

この日、武志は町田弁護士と面会するまで、真の殺害方法について、刑事から取り調べを受けていた。

前日までに家族や学校のことなどを聞かれた身上関係の調べが終わり、いよいよ本格的な犯行の取り調べがはじまっていたのだ。

「なにか細いもので首絞めただろう」

刑事が聞くと「はい、絞めました」と素直に認めた。

「朝食を食べながら、なんでもかんでも刑事に言われたとおりにするしかない。反対して暴行を受けるのはいやだから、刑事の言うとおりにしちゃおうと覚悟を決めたんです」と武志。

「なにで絞めたんだ」と、刑事はさらに追及してきたが「忘れました」と言うと、ヒントを出してくれた。

最初は「首に細い跡がついてるぞ」と言われ「ヒモ」と答えた。ヒモでよかったのかと思っていると、何日かしたあと「ヒモじゃないだろ、光次が固いものでやったと言ってるぞ」と言われた。

「木刀」「バット」と、思いついたままにあげると「ちがうぞ」と怒鳴られた。黙っていると「太い跡がついてるぞ」とヒントを出してくれたので「真君のベルト」と言ったら「そのとおりだ」と、ほめられた。

その後も、ベルトは「ぼくの黒皮ベルト」から「布製のベルト」と変遷するが、死体の状態とくいちがいが出てくるたびに、武志は供述を変えさせられていった。

「〝おまえこうじゃないか、こうじゃないか〟って、刑事が一方的に話してきて、ぼくから話したことはほとんどなかったんです」

母親の首に巻きついていた電話コードは「おばちゃんの首に細い跡がついていたぞ」「近くに電話があっただろう」と教えられ、簡単に電話コードのことを指しているとわかった。

母親の足を縛っていたものを追及されたときは「ミシンで使うものだろう」とか「なにかおまえ、測《はか》るものあるだろう」と「メジャー」と容易に想像できるヒントを与えてくれた。

マンションのリビングにあった貯金箱は、「貯金箱のなかが荒らされて金が散らばっているから、てめえがやっただろう」と言われた。いまさら反対してもしょうがないので「ぼくが全部やりました」と答えた。貯金箱の色は「暗いほうだろう」とヒントをくれたので「黒です。思いだしました」と言うと「そのとおりだ。よく思いだした。えらいぞ」と、刑事がほめてくれた。

こうして、刑事がヒントを出しては武志に答えを出させるというやり方で、調書づくりは順調に進んでいった。

調書ができたあとで、光次の供述と矛盾した点が出てくると「おまえの言ってることはうそばっかりで信用しないぞ」と刑事が怒るので、武志は供述を撤回して、光次に話を合わせなければならなかった。

たとえば、脅すために用意したというナイフ。五月三日付員面までは「持っていった」ことになっていたが、五月五日付員面で突然「うそでした」と供述を訂正する。

「五月に入ってから急に〝光次は持っていったの、見てないぞ〟と言われたので〝はい、実は持っていったのはうそです〟と光次に合わせたら〝そのとおりだ〟と言われて、結局持っていかなかったことになっちゃったんです」

母親の首を電話コードで絞めた場面では、五月六日付員面でコードで首を絞めたのが光次から武志に変わった。

それまでの取り調べでは「おばさんも体格いいし、力ありそうだから、おまえの力じゃ殺せないだろう。光次の力なら殺せるだろう」と言われて「光次がやったんです」と答えていた。

ところが、光次の供述は「自分は恐ろしくなり逃げようと思って玄関のところにいると、武志がなかなか出てきませんでした」（五月四日付員面）と、母親を運んだ部屋に最後まで残っていたのは武志で、自分は電話コードは知らない、ということになっていたのだ。その矛盾を解決するため「〝武志が最後まで残ってやったんじゃないか〟って、光次が言ってるぞ」と刑事が問い詰めると「ほんとはぼくが首を絞めた」と、武志はすぐに供述を訂正してしまう。

「刑事に〝光次の言ってることと合わないぞ〟って言われると、反対できないから、ほとんど、ぼくがやったことになっちゃったんです。そう言われちゃうと、もう、そうするしかない。それで、調書が光次の言ったことに合わせて変わってしまってるんです」

武志が具体的に犯行の供述をはじめた五月三日付員面を見ると、「刑事さんから、きみはまだ十六歳だ。これからいくらでもやり直しがきく。ほんとうのことを話すことが真君に謝ることになるんだよ」と言われ、「うそをつくのもやめよう。ほんとうのことを言って、真君に謝ろう、と今までのぼくの考えを変えて、ほんとうのことを話す気になったのです」と、真実を語るようになった武志の心境が書いてある。

もし、これが武志の肉声なら、なぜ、その後もくるくると供述を変えなければならなかったのか。

取り調べの恐怖から抜けだそうと自殺まで図った武志。密室のなかでは、刑事の前から逃げだすこともできない。

「うそをついてすいませんでした」

供述を撤回するたびにくり返される謝罪の言葉は、刑事の言うがままに人形となるしかなかった武志の悲鳴のようでもある。

取り調べが始まって二週間がすぎたころだろうか。それまで、怖いだけと思っていた刑事が、武志にやさしくしてくれるようになった。

伊川刑事が「おまえ、好きなものなんだ」といきなり聞いたので「チョコレートとか甘いものが好きです」と答えた。

「そしたら〝おまえ、だんだんほんとうのこと言ってるから、ごほうびやろうか〟って言われて、パチンコで取ってきたアーモンドやイチゴ入りのチョコレートを毎日くれるようになったんです」

「だれにも言うなよ」と、ハンバーガーや天丼をごちそうしてくれることもあった。

「五月十日すぎてからは、だいたい調べもすんじゃって。はじめは暴力振るったりしてた東山刑事も、署内の自動販売機でコーラを買ってくれたり、ニコニコして笑い話なんかしてくれました。笑い話は、ものまねとかスケベな話とかね」

チョコレートをもらいつづけていれば、刑事に殴られることはないと、武志も「ごほうび」をもらえるように話を合わせた。

「棒グラフで言えば武志はプラス2だ。光次と彰はプラス4まで行っている。追いつくには、おまえが、もうちょっと思いだしてくれれば、おまえがトップになって、楽になれるぞ」

「おまえの言ってるのは富士山でいえば八合目だ。全部思いだすまでにはあともうちょっとだよ」

十六日には、二十日間の武志の勾留期限が切れる。それまでに、なんとか武志の供述を、現場の状況や共犯の少年たちの供述と合わせようと、刑事も必死だった。

最後の取り調べが終わった十六日の午前、伊川刑事と東山刑事が武志に声をかけた。

「もう頂上に着いたから、あとはゆっくり休め」

ハンドバッグが証拠の切り札

武志を犯人に結びつける証拠のなかで、綾瀬署の捜査本部が、切り札的な存在として重視していたのが、茶色のジャガード柄の布製ハンドバッグと木の葉をあしらったブローチだった。

この二つは、武志が被害者のマンションから盗んだとされたもので、証拠のなかでも「秘密の暴露」と目されていたからである。

「秘密の暴露」とは「あらかじめ捜査官の知りえなかった事項で、捜査の結果、客観的事実であると確認されたもの」（最高裁判所第一小法廷判決昭和五十七年一月二十八日）で、犯行を立証するためのベストエビデンス（最高の証拠）といわれる。

捜査本部が、武志の自宅からハンドバッグとブローチを押収したのは、二回目の五月三日の家宅捜索だ。

「〝武志からもらったハンドバッグはないか〟って聞かれたんで、タンスのいちばん上の引き出しの古ぼけたのを三つ、念のため渡してやったんだ。二つはだれにもらったかを女房が覚えてたけど、一つは昔のことでわからない。そしたら刑事が〝これだ、武志がお母さんにあげたのは〟ってバカなことという。頭きちゃってね。ブローチはいちばん右側にあるテレビの上に置いといたのを〝参考に預かっていきます〟って持ってったんだ」

父親の吾郎の話では、警察に渡した三個のバッグは、妻の玉枝がもらったものばかりだという。二個は五、六年前に、近所に住んでいた知りあいの主婦からもらったもので、一個はボーリングの景品、一個はその主婦が母親から譲り受けたもので、捜査本部も裏づけがとれた。

残りのアルファベットの模様が入ったジャガード柄の布製バッグは、貯金通帳や印鑑証明など貴重品を入れるのに使っていたが、だれにもらったかはっきりしないままだった。

玉枝は、綾瀬署に呼びだされるたびに、ジャガード柄のバッグをどこでもらったのかをしつこく聞かれた。

「カネボウの化粧品店で、化粧品の景品にもらったんじゃないかしら」

玉枝は、バッグが化粧品店で五、六千円も買えば景品にくれそうな安物に見えたので、そう答えた。しかし、捜査本部が裏づけ捜査をしてみると、家電メーカーの松下電器の販売店会「くらしの泉会」が景品として出したもので、玉枝の言うように化粧品店ではなかった。

「七年も八年も前の古い話なんで、どこでもらったか記憶ないんですよね。思いだせないでいたら、刑事が〝武志からもらったんだろう。あのうちから殺して持ってきたんだろう。被害者に線香一本あげる気ないのか〟って言うんですよ。こっちも負けずに〝あげませんよ〟って言い返したら〝あんた、ひどい親だね、突っ張りの子どもと似てるね〟って言われて。もう、悔しくて、悔しくて」

自分の目の前で、刑事が武志を犯人に仕立てあげていく舞台裏を目の当たりにした玉枝は、身も凍る思いだった。

「もらったことを認めろ」と迫る刑事に「私が認めたら武志は犯人にされてしまう」と玉枝は最後まで否認で頑張りとおした。

ところが、武志は、あっさりとバッグは盗んだものだと認めてしまっていた。

武志の調書に、はじめてハンドバッグのことが登場するのは五月五日付員面だ。

「ぼくはこの部屋（四畳半和室）にあるタンスの引き出し等を開けて、現金や、バッグ、ブローチなどを取ってきました」と、ある。一方、共犯の光次の調書では、逮捕当日の四月二十五日付員面に「（武志が）部屋から持ってきたと思われるバッグについては、色、形等はっきり見てません」と、早くもバッグの供述が見られる。

なぜこんな早い段階でバッグの供述が出てきたのだろうか。

光次はその理由を、六月八日に東京家庭裁判所で開かれた第二回審判で「それは（去年の十一月）十八日の日に、三人で現場のマンションに見にいったときに、刑事かどうかはわからないんですが、武志が男の人に〝非常階段からバッグを持って下りてくる人がいた〟と話していたのを聞いたので、武志が、そのバッグを持っていたというふうに、自分で話を少し変えてしゃべったのです」と証言、バッグは武志の話をヒントにしたつくり話であることを認めた。

つまり、捜査本部は、武志が供述する前に、光次の供述でバッグのことを知っていたはずである。それに五月三日の家宅捜索で押収した三個のハンドバッグのうち、玉枝がジャガード柄のバッグをだれにもらったか思いだせないのに目をつけ、バッグを武志と犯人を結びつける有力な証拠に仕立てたとしても不思議ではない。

そう考えると、武志のバッグの供述が、家宅捜索から二日後の五月五日付員面に、突然現れるのもうなずける。

「バッグのときは〝被害届けが出てるから盗んできたんだろう〟と言われ〝真君のうちから盗んできた〟と認めたんです。最初は〝白いバッグです〟と答えたけど〝てめえうそつくな。真君の家のは柄がついてるぞ〟って怒鳴られて、茶色の柄つきを見せられたので〝これです〟って言ったら〝そのとおり〟と言われたんです」と武志。

武志には茶色のジャガード柄の布製バッグが、自宅のタンスで何度も目にした玉枝のバッグだということはわかっていた。

しかし、刑事に「真君の家から盗んできてお母さんにプレゼントしたろう」と追及されると「盗んできた次の日に、お使いから帰ったお母さんにプレゼントした」と、言われるままに答えてしまうのだった。

「殴られたり、脅されたりはしませんでしたが、なにを言っても信じてもらえないので認めるしかなかったんです」

取り調べの恐怖から逃げだそうと手首を切って自殺まで図った武志は「刑事にほんとうのことを言っても殴られるだけだ」と、真実を話すことをあきらめてしまっていたのだ。

こうして茶色のジャガード柄の布製ハンドバッグは、武志がマンションから盗んできたものを、母親にプレゼントした、という調書ができあがったのだ。

実は社員旅行のお土産

六月一日の朝、武志の付添人の一人である羽倉佐知子弁護士は東京駅に着くと、静岡県田方郡中伊豆町にある町営国民宿舎中伊豆荘に電話をかけた。中伊豆荘は伊豆半島の中央部、天城高原の近くにあった。

午前九時、東京発伊豆急下田行きの「踊り子3号」で、大石剛一郎弁護士と伊東に向かうことにしていたが、電話はそこから中伊豆荘までの行き方を確かめるためだった。

二日前の五月三十日、羽倉弁護士は東京少年鑑別所で武志とはじめて面会した。「ぼくやってない」と武志は、小さい声でぼそりと言った。羽倉弁護士が、武志の左手首に目をやると、ファスナーで自殺を図った跡が、まだ赤くなって残っていた。

事件の経過を聞いていくうちに、武志は羽倉弁護士に、弁護団が予想もしていなかった重大な事実をもらしたのだ。

「ブローチは塗装店の社員旅行で伊豆に行ったとき、ネックレスや扇子や時計といっしょにお土産に買ったんだ。盗んだんじゃない」

武志は五月七日付員面で「真君の家から取ってきたバッグのなかには、固い布みたいなものでできている木の葉のかたちをしたブローチ一個が入っていた」と、盗んだものであることを認めていた。

その武志が、盗んだものではなく、社員旅行で買ったものだと言うのだ。

「それじゃ、どこで買ったの」と羽倉弁護士が購入場所を具体的にたずねると「お土産をたくさん売ってるとこで、ゲームセンターの隣り」と、武志は答えた。

伊豆半島には、熱海や伊東といった有名な温泉地があちこちに散在している。「ゲームセンターのある土産店」と言われても、購入場所を見つけるのは、まるで雲をつかむような話だった。

「街道筋の土産物屋か、どこかなんだろうけど、どうやって探したらいいのか、そう考えただけでもたいへんだと思って、その日はブローチについて、それ以上聞くのはやめちゃったんです」

羽倉弁護士は、翌三十一日の午後も、武志に会いに鑑別所に足を運んだ。一つでも購入場所の手がかりになるものはないかと、土産品店のなかの様子を武志に聞いた。

「あのう、その店、中伊豆荘っていうんです」

答えをメモする羽倉弁護士の顔色をうかがうように武志がおずおずと言った。

武志は購入場所の名前ははじめから知っていたのだ。だが「買った場所は」と言われ、武志は、名前ではなく中伊豆荘の土産物コーナーの様子を一生懸命、説明してきたのだ。

「なんで早く、それを言わなかったの。早く言いなさい」

聞き終わると羽倉弁護士は、鑑別所を急いで飛びだした。

「ブローチの購入場所がわかったわ。伊豆の中伊豆荘」

その日の夜、吉峯弁護士の事務所で開かれた弁護団会議で、武志の証言が事実だとすると、ブローチは売られているはずだから、自分たちの足で、中伊豆荘まで行って確認することが決まった。

羽倉弁護士は「私が探しにいく」と張りきっていたが、会議では「あとで警察から〝ブローチの発見は、弁護団の自作自演の作り話だ〟と言われないように注意したほうがいい。だれか証人的な意味で羽倉弁護士といっしょに行ってもらおう」という意見も出て、木下弁護士事務所でいっしょに仕事をしている新人の大石弁護士が同行することになったのだった。

武志の話から羽倉弁護士は、中伊豆荘は伊東の奥のほうにあるとばかり思っていたが、東京駅からの問い合わせの電話で「修善寺からタクシー」と言われた。

あわてて行き先を伊東から修善寺に変更して新幹線に飛び乗った。途中、三島駅で伊豆箱根鉄道に乗り換え、終点の修善寺駅へ。そこからタクシーを飛ばして、中伊豆荘に着いたのは昼前だった。

スケールの大きい先生につきたい

「小学校五、六年のころかな。あんまり掃除をしない男の子がいたんで、雑巾で顔をふいてやったことがあるんです。〝掃除をするか雑巾で顔をふくか、どっちかを選べ〟って言ったら〝雑巾で顔ふけ〟って言うから。〝よし〟って、顔ふいてやったんです」

こんなエピソードのある羽倉弁護士は、小学生のときから「主婦になるのはいやだ」と、資格をとって自立して働きたいと考えていた。

「女は差別されているんだ」ということを、このころから漠然と感じていたからだという。

「母はグチをこぼす人じゃないんですけど、母の生活を見て主婦はつまらないなと思っていた。主婦業というのは洗濯しても百が百二十にきれいになるわけでもないし、そればっかりやっているのは、賽《さい》の河原で石を積むようなもんだなと思ったんですね。いろいろ聞いているうちに、主婦業に入ったら自己実現できるのかな？　という気持ちが強くなっていったんです」

父親のいちばん下の妹で、医者をしていた叔母が同居していた。彼女の部屋に遊びにいくと、医学雑誌が置いてあり、なんとなく偉く思えてあこがれた。専門の職業を持って、男と対等に働いている姿が、幼い目には生き生きとして見えたのだ。

その叔母の影響もあって、大学入試では「医者になってもいいな」と、真剣に医学部受験も考えた。

「無意識の〝東大に入りたい病〟だったけど、医学部に進める理Ⅲは難しくてだめだろうし、かといって私立の医学部となれば、親に経済的に負担かけるんでやめた。あと資格というと思いつくのは、司法試験しかなかったんです」

そんな羽倉弁護士が、男との差別を痛烈に思い知らされたのは、東大法学部四年のときだった。

「東大の女子学生は成績では男子学生と横並びできているから、偏差値教育のなかでは、差別されてる意識はないわけですよ。それが、就職の段階になると、私たち東大の女子学生のところに、企業案内なんて一通もこない。ここではじめて、世の中の男性優位の差別構造を実感させられたわけですよね」

子どものころから「男女の別なくともにやっていく」という意識が強かっただけに、この体験で改めて「結局は、司法試験しかないな」と思い、この年に受験してみた。

ところが司法試験は「神様にお願いして鉛筆で倒れたところに印をつけようか、というくらいわからなかった」と、見事に失敗。

初志を貫いて試験に合格したのは、六回目の挑戦だった。

羽倉弁護士は、女性では刑事事件を数多く手がけているが、最初から刑事事件をやろうと決めていたわけではなかった。

「民事の普通の弁護士になろうと思ってたんです。企業の国際取引の問題を扱う渉外弁護士になろうかなという気は、少しありましたけどね」

刑事事件とつながりができたのは、司法修習生として配属された銀座の弁護士事務所だった。修習先の希望として「スケールの大きい先生につきたい」と書いた。そこで紹介されたのが帝銀事件や丸正事件などの再審事件にかかわっていた竹沢哲夫弁護士だ。

「竹沢先生が、日本弁護士連合会の再審問題で第一線を歩んでいる人だったというのはあとで知ったことなんです。再審事件がどんなに大切か、最高裁が再審の道を広く開いた白鳥事件がどういうものかは、講義で知ってるけれど、講義で習うことは私にとっては歴史でしょ。その歴史的人物がそこにいたというのは、私にとってはびっくりですよ」

二年間の司法修習が終わると「居心地がいい」と、そのまま修習先の事務所に就職してしまった。

一、二年事務所の仕事をやったあと「なんとなく外に出て他流試合がやってみたい」と思っていたところに、出会ったのが諸橋事件である。

諸橋事件は、一九七八年四月、東京都江東区内で起きたホステスの内縁の夫殺しで、ホステスと店のママだった諸橋被告ら四人が、警視庁に逮捕された。その後の取り調べでホステスが、諸橋被告から「四年前にも女性関係がもとで自分の夫を、ガス自殺にみせかけ殺害したことを聞いた」と意外な供述をした。諸橋被告も犯行を自供して、二つの殺人事件で起訴された。

ところが、諸橋被告は公判で、ホステスの内縁の夫殺しは認めたが、自分の夫殺しは「自殺だ」と一転して否認。ガス中毒による事故死として処理されていた物証がない事件だけに、法廷では殺人説を主張する検察側と、自殺説を主張する弁護側が鋭く対立した。

結局、一、二審とも、検察の主張をほぼ認め諸橋被告に死刑判決を言い渡した。最高裁も一九九一年一月、諸橋被告の上告を棄却、死刑が確定した。弁護団は九月、東京地裁に諸橋被告の再審請求を出した。

「諸橋事件は、控訴審の弁護団に誘われて入ったんですけど、刑事事件としてものすごく難しいんですよね。物証も何もなくて供述だけなんだけど、すごくわかりにくい事件でしたね」

それに引き替え、今回の事件は絵にかいたようなえん罪事件で、調書を読んだだけでちがうと思った。

「いまごろ、まだこんな事件があるのかと思うほど、つくったものとしてはお手本のような事件でしたね。もうちょっと巧妙じゃないかと思ってたんですが」

崩されていったブローチの秘密

羽倉弁護士と大石弁護士が中伊豆荘に入ると、一階ロビーの左手にある土産物コーナーのケースの上にブローチがあるのが、すぐ目に入った。ボージュという名前で、一個四百円で売られていた。

「やっぱり武志君のいったとおりだったんだわ」

羽倉弁護士は、籐製《とうせい》のカゴのなかに無造作に積まれたブローチを一つ取りだし、大石弁護士が東京地検でスケッチした証拠品のブローチの絵と比べてみた。

検察側は事件を東京家裁に送致した五月十六日に、捜査記録といっしょに証拠物を提出しなければならないのに、このときまでに証拠物は一つも家裁に送られてきてなかったのだ。

「五月三十一日に、東京家裁で審判の打ちあわせがあって、裁判官と面会してはじめて、そのことがわかったんです。さっそく、東京地検に証拠物の閲覧を申し入れて、とりあえず大石弁護士がブローチの絵をスケッチしたというわけです」

左右に開いた二枚の銀色の葉の上に、黄色の実を二つ、赤色の実を五つあしらったブローチは、スケッチとそっくりだった。

武志の話はまちがいなかったのだ。

羽倉弁護士は中伊豆荘の売店でブローチを五個買って帰ったが、あとで審判廷に証拠として出されたブローチとまったく同じものだった。

中伊豆荘の支配人に聞くと、ブローチは、神奈川県湯河原町の卸問屋から、かなり前から仕入れていることがわかった。

武志が中学を卒業後アルバイトをしていた三橋塗装店の社員旅行があったことも、はっきりと覚えていた。
実はブローチについては、会社の社員旅行で買ったものであることは、母親の玉枝が五月十三日付員面で、刑事の問いに答える形で供述していたのである。

問い　ブローチを武志君が持っていたのを知っているか。
答え　あのブローチは中になにか模様が入っており、外は葉がついているもので武志君の本だなの上というか、ものを置くところに置いてありましたが、会社の社員旅行のとき、今年四月十三〜十五日に行ったとき買ってきたと武志君が言い、私に買ってきてくれたものではなく武志君のものだと言っておりました。

殺された幸江の夫、志田広樹も、ブローチについて五月十三日付員面で「妻が持っていたかどうかははっきりしません。付けていたところを見たこともないし、買ったとか、だれからもらったという話も聞いていません。しかし、妻は人形を作ったり、また、このような小物を作るのが好きなので、あるいは、私が知らないうちに作ってなにかに入れてしまっていたのかもしれません」と供述している。
しかし、志田の供述内容は、すべて推測にすぎず、つきつめるとブローチは幸江のものかどうか、志田は知らないのである。

それだけに、捜査本部が玉枝の供述から、捜査員を中伊豆荘に派遣し、裏づけ捜査をしていれば、ブローチが土産として売られていた安物で、幸江のものでないことはすぐにわかったはずだ。だが、武志を犯人と決めこんでいた捜査本部は「社員旅行で買った」という玉枝の供述を頭から信用しようとせず、裏づけ捜査にも動かなかったのだ。

ブローチが社員旅行の土産だったことがはっきりしたことで、ハンドバッグが被害者のものだとする捜査本部の描いた構図は完全に破綻した。

武志が、ハンドバッグとブローチについて供述した調書は、五月五日付員面をはじめ、五月七日付員面、五月九日付員面、五月十一日付検面、五月十二日付員面、五月十三日付検面、五月十四日付員面、五月十五日付検面、五月十六日付員面、五月十六日付検面と十通もある。

そのいずれもが、ブローチはバッグのなかに入っていたと一致して供述している。つまり調書のなかでは、一貫してバッグとブローチは「一体のもの」と考えられているのだ。

ところが、ブローチが中伊豆の国民宿舎で買った土産であれば、被害者のバッグのなかに入っていることはあり得ず、「バッグは盗んできたもの」という武志の供述には、客観的な裏づけがなくなり「秘密の暴露」と言えなくなってしまうのだ。

それだけではない。バッグについては、羽倉弁護士が中伊豆荘でブローチを見つけた六月一日、弁護団に届いた捜査記録からも、武志の供述との大きな矛盾が浮かびあがってきたのだ。

「そのあと、手袋を裏返しにし、お金を探しました。まず、ピアノの横にあるタンスの引き出しを探しました。（中略）引き出しを抜いてから、その中身を開けて見たところ前回の調べのときに図面を書いたバッグがあったのです。そのなかには金がありそうでしたから、取ることにしました」

武志は五月十三日付検面で、バッグを盗んだときのことを、こう供述している。

タンスを物色する前、武志は電話コードで幸江の首を絞めている。そのとき、多量の血が手袋に付いたと供述しているから、盗んだバッグには当然血痕が付着している。それが、バッグにもバッグを隠し持ってきた赤いトレーナーからも血痕は見つからなかった。

調書では物色には、手袋を裏返しにして使ったというが、裏返したぐらいでは毛糸の手袋は血が浸透してバッグに付いてしまう可能性が強い。

事実、バッグを盗んで逃げる際、手袋をはめたまま手を洗ったとされる台所の水道のコックには、血痕がちゃんと残っていたのだから、バッグに血痕がないのは考えられないのだ。

しかも被害者の幸江が持っていたバッグはフェンディ、クリスチャン・ディオール、セリーヌといった一流のブランド品ばかり。ディオールのバッグのなかにはカルチエの財布も入っていたのに、犯人は安物の景品のバッグだけを選んで盗んでいったという間の抜けた話になってしまう。

ブローチの虚構。現場の客観的事実と一致しないハンドバッグ。こうして弁護団の手でバッグとブローチが「秘密の暴露」とする捜査本部の構図は崩され、逆に三人の少年の無罪を立証する有力な証拠となったのである。

第5章　犯人の気分になって

逃げ場のない密室の恐怖

中学を卒業して叔父が経営する栃木県のクリーニング工場で働いていた光次のところに、刑事が現れたのは四月二十五日の朝だ。

車で綾瀬署の捜査本部に連れていかれると、そのまま二階の取調室に入った。

それまでいっしょだった刑事は引きあげ、入れ替わりに二人の刑事が入ってきた。午前十時ごろだった。

前の日に続いて呼ばれた仲間の武志と彰も、同じ階にある別の部屋で取り調べがはじまっていた。

光次がいすにすわると「事件のあった十一月十六日。おまえ、だれとどこにいたんだ」と、刑事がいきなり聞いてきた。

「一人でブラブラしてました」と答えると「うそつくな、彰の家に三人で集まっていたんじゃないのか」と疑われた。

「その日は彰はアルバイトでいなかったから会ってない。本屋に行っていた」と説明しても「絶対会ってるはずだ」と、信じてもらえなかった。

「母親と子どもを殺したのはおまえだろう。ほんとのこと言えよ」

「ほんとのこと言ってます」

こんな押し問答をくり返しているうちに、最初は穏やかだった刑事の声が、だんだん荒々しくなってきた。

「刑事に殴られたことはなかったけど〝やってない〟と言うと、向こうは、ぼくが犯人だという感じで立ちあがって、顔を近づけてきて怒るんです。手を頭のところまで上げて、いまにもぼくをたたきそうになって……」

そのたびに、光次の目には、刑事の抑えている怒りがいまにも爆発して、自分に殴りかかってくるように見えた。

電気工の父親は光次が小さいときから、ハシの持ち方が悪いといっては殴るなど、厳しく育ててきた。それが、今回の事件では裏目に出てしまったと父親はこぼす。

「私の殴り方は、説教しながら、とんでもないときに、いきなりバチッと手を出した。息子にとっては、いつ殴られるのかと緊張して身構えちゃうんですね。殴られることに非常に恐怖心がある。ましてや、刑事は親と同じで抵抗できない相手でしょ。光次にしてみれば刑事に手を上げられただけでも、暴力を振るわれたと同じになるんですよ」

光次は中学に入ると同級生から執拗《しつよう》な暴力といじめにあった。光次を助けてくれるはずの教師も、体罰を振るうことが多かった。それが原因で登校拒否になった。

光次にしてみれば、子どものころから生活のなかに暴力があった。父親、同級生、教師と自分が勝てない相手から、暴力への恐怖心をいつもうえつけられつづけてきたのだ。

取調室という逃げ場のない密室で、「三人で親子を殺したんだろう」とすごむ刑事に、光次は、ただからだを丸くして耐えるしかなかったのは当然の成りゆきだった。

光次の付添人の一人、安部井上弁護士は、東京少年鑑別所で光次と面会したとき、いつもの手を使った。

「ぼくの名は上《じょう》で、姓は安部と井上を組み合わせて、安部井というんです」

少しでも緊張をやわらげようと、ユーモアたっぷりの自己紹介に、光次も笑った。

「光次は、家庭でも学校でも、どこからも脚光を浴びたことがなかったんだと思うんですよ。潜在的な能力はあるのに、父親に殴られたり、ずっと抑えられてきた。自分に自信が持てないところは、ぼくの子どものころによく似てるような気がしましてね。ぼくは、たまたま演劇会をやらなきゃいけなかったときに、ふっきれたとこがあるんですが」

安部井弁護士は、光次を小学校時代の自分と重ねあわせていた。

三十六歳で弁護士に

安部井弁護士が「ふっきれた」と言ったのは、小学校五年の学芸会で演じた「泣いた赤鬼」という民話劇のことだった。

「青鬼の役に抜擢《ばってき》されたんです。人間と友だちになりたい赤鬼を、自分が悪役になって人間と仲良くなれるように助けてやる役で、いい役だったんです。後輩にも〝あの人、青鬼やった人よ〟って言われて、とってもうれしかったですよ。それまで人のあとから付いていくおとなしい子どもで、青鬼役なんかやれるのか不安だったけど、やってから変わったというか、〝おれにもやれるんだ〟という自信がついて」

幼稚園のころから登園拒否をしたり、人前で話すのが苦手で、いつも緊張していたが、青鬼役を見事にこなしたおかげで、それも苦でなくなった。自分を表現することに自信がつくと、中学や高校では生徒会活動にも積極的に参加するようになり、副議長や会長といった役員を引き受けた。

「弁護士になりたい」という夢を持ったのは、中学三年のころだ。

「親友に聞くと〝そのころいい弁護士になりたい〟と言ってたそうです。女優の河内桃子さんが弁護士役で活躍するテレビ番組が大好きで、欠かさず見てました。それと祖父の影響があったと思う」

安部井弁護士の祖父は、栃木県今市市で人権擁護委員をしていた。家庭や地域でもめごとがあると、いろいろな人が相談を持ちこんできた。

「小さいころ、旦那さんに殴られて、どうしたらいいかという相談があった。子どもだから、どうせわからないだろうということでしゃべる、それを炬燵《こたつ》のなかで聞いてたんです。うちは争いのある家庭じゃなかったんで、目の前で女性が泣いたりするのはショックで、子ども心に残ってね。それで、祖父のとこにきたような弱い立場の人を助けるところが、テレビの弁護士と二重写しになったのかもしれませんね」

大学は迷わず法学部へ。一年浪人して早稲田大学に入学した。

念願の弁護士を目指して四年のときから司法試験に挑戦したが、失敗。留年した二年目も論文試験で落ちた。

「落ちたときが、ちょうど就職戦線盛んなころだったもんで、一浪してるし、一年留年してると一流会社に入る最後のチャンスですから、一カ所だけ商社を回ったんです」

面接で気にいられたが「このまま行くと就職しちゃうかな」と思い、提出書類になにも書かずに帰ってきた。

書類を白紙で出したことで「弁護士しかない」と踏んぎりはついたが、大学を卒業したあとも司法試験はなかなか受からなかった。二十九歳のとき、大学時代にフォークソングのサークルを通じて知りあった妻と結婚した。妻は結婚後も働いて家計を支えてくれた。

短答式の試験は強かったが、いつも論文で落とされた。三十歳のとき、このまま受験をつづけるかどうかで将来の選択を迫られた。結局、合格できたのは三十六歳のときだった。

その間、学習塾の講師をしながら勉強をつづけた。

「塾の講師をやってつくづく思うんですよ。昔だったら、子どもたちは、ちょっと運動できるとか、生徒会とか、なんでもいいですから、それぞれ光る舞台があったと思うんです。勉強できるやつがいても〝あいつすげえな〟って言うだけで、尊敬したり、特別な人間だとは思わなかったですよね。それがいまはすべて成績表一つで決まっちゃうみたいなとこがある」

いまの子ども社会は、一枚のペーパーテストさえできれば、その子の人格とは関係なく、みんなにチヤホヤされる。できる子にとっては楽しいが、できない子にとっては、生きる意味も見出せない、ほんとうにおもしろくない世界だ、と安部井弁護士は痛感したという。

「そういう意味では、光次たちも、偏差値万能の学校社会から、居場所もないまま落ちこぼされて、登校拒否になったことが、こんどの事件に巻きこまれる遠因になってるわけですよ」

安部井弁護士は、事件の背景に偏差値教育の歪《ゆが》みを見る。

違法の切り違え尋問

光次の取り調べがはじまって四時間たっただろうか。

刑事の追及に「やってない」と頑張っていた光次だが、「刑事に殴られるかもしれない」という恐怖感に加え、いちばんこたえたのが「武志や彰はおまえといっしょに犯行を実行したと言ってるぞ」といってうそを言い、自白を迫る「切り違え尋問」という手法だ。

「切り違え尋問は、刑事が〝仲間はこう言ってるぞ〟と取り調べに都合のいいうそを言う。容疑者に自分が仲間から悪く言われている、という不安感を持たせ、仲間どうしで互いの不信感をあおることで、警察に有利な供述を引きだすやり方です。違法な取り調べ方法で、おとなでも執拗《しつよう》な切り違え尋問で責められると、真実を貫くことは難しい。ましてや、自己主張のできない少年には、簡単に警察の誘導にのって〝自白〟してしまう危険性があるわけなんです」と安部井弁護士。

学校でいじめにあい登校拒否になった光次にとって、言葉のハンデや勉強ができなかったことで同じようにいじめられ、学校社会から放りだされた武志と彰は、数少ない心を許せる仲間だった。

だが、この事件については、自分はともかく、武志や彰がどうかかわっているかはわからない。「まさか武志と彰がやるはずがない」と信じていても、三人ともバラバラに切り離されては確かめることもできない。

孤立感ばかりが深まるなかで、光次は刑事がそこまではっきり言うのなら「武志と彰はだれかに強制されてやったのだろうか」と、だんだん疑心暗鬼になっていった。

そんな光次の心の変化を見透かしたように「ほかの者はみんな認めてるのに、おまえだけが否定しても通用しないぞ」と、刑事はたたみかけてくる。

それでも「やってません」と言うと、「もう、おまえの言うことは聞きたくない。黙ってろ」と怒鳴られた。

刑事の怒った顔が、父親のイメージとだぶったとき、緊張に次ぐ緊張で張りつめた神経の糸がぷつんと切れた。

「取り調べの刑事は、お父さんの厳しいとこだけが出てるという感じで、ぼくの言うことは全然信用しない。〝やった〟と言わないと、どうしようもないいんじゃないかと、心理的に追いつめられて……。武志と彰がやったと言うなら、友だちだし、自分もいっしょにされても仕方がないなと、あきらめたんです。それに〝ほんとのこと言えば家に帰してやる〟と言われたもんで、うそでもいいから認めて、一刻も早く解放されたいという気持ちでいっぱいになって」と光次。

なにを言っても聞こうとしない刑事に絶望して、救いの出口を見失った光次は、すがるような気持ちにもなって刑事の言うことに従おうと決心したのだ。

「おまえやったんだな」という刑事の追及に「やりました」と答えてしまった。午後二時だった。うつむいていたので、刑事の顔はわからなかった。

それから、夜の十時までに犯行を自白した供述調書ができ上がった。光次が実行犯とされた母親を殺害した場面は、調書ではこんなふうに具体的に記載されていた。

供述調書

住居　栃木県足利市××町××番地

職業　会社員

氏名　早川　光次
昭和四十八年×月××日生（十五歳）

右のものは、平成元年四月二十五日警視庁綾瀬警察署において、本職に対し、任意次のとおり供述した。

一、私は本年三月二十四日、足立区立××中学を卒業し三月二十六日から住居地の商業用専門の洗濯屋に住みこみのようなかたちで働いています。

卒業までは父　早川　正人　五十六歳
　母　早川久美子　四十八歳
　長兄　十七歳
　長妹　十三歳
　次妹　七歳
等の家族とともに××に住んでいたのです。

私はその××中学在学の昨年十一月十六日、同じ中学の同級生、武志と彰といっしょにマンションに盗みに入り、その部屋のなかで子どもに騒がれたり、またおばさんに見つかったりし、子どもとおばさんの二人を殺してしまいましたので、そのことについてお話します。

二、私たち三人は、クラスは違っていましたが、三人は非常に気があい、仲のよい友だちでした。三人とも勉強は嫌いで、学校はよくズル休みしたりし、いっしょに遊んでいたのです。

昭和六十三年十一月十六日午後一時三十分ごろ、彰君のアパートに私と武志は集まっていました。

この日、私はお金が一円もありませんでした。また武志君も少ししか持っていないとのことで、二人で金が欲しいなということになったのです。

武志君がこの話にのってきて、どこかでやろう（盗もう）と言ってきたのです。そしてマンションに知っている人がいるので、そこは平気だよと話してきたのです。

私はマンションを知りませんでしたので「どこだよ」と聞くと武志は「前に住んでいた二丁目の近くの公園の近くだよ」と言ってきたので、自分の頭のなかで「あっ、あのへんかな」等と想像したのです。

この私たち二人の話のなかには彰君は入ってませんでした。テープか何か聞いていたようです。

午後二時ごろ、アパートの二階、彰君の部屋を三人いっしょに出たのです。

自分たち（私と武志）は金がないので、盗《と》っていっしょに付きあおうと彰には話してあったのです。

彰君と武志君は勉強会等と話しており、私はその勉強会という意味がわかりませんでしたので、武志君に「勉強会って何だよ」と聞くと「空き巣に入ることだよ」と、その意味を教わったのです。

三人は、それぞれの自転車に乗って、その目的のマンションに向かったのです。

私の服装は紺色のGパン、ジャージと上着、中にグレーのトレーナーで、靴は紺色の運動靴。

武志は、はっきり覚えていませんが、黒っぽいジャンパーに下がGパン姿ではないかと思います。

彰君は白黒混じりのジャケットに、下が黒っぽい学生ズボン風のものでした。

私の身長は、一七四センチくらい、体重六五キロ、茶色の縁《ふち》のメガネ、頭髪は短く、スポーツ刈りでした。

武志君は身長一六〇センチくらいで、やせており、髪は長めの七三分けでした。

彰君は一六五センチくらいで、太っており、部分パーマをかけた髪型でした。

武志君に案内されるかたちで二丁目の公園近くの五階建てマンションの入り口まで来たのです。

マンションに来る途中、私は武志君に「見つかったらどうしよう」等と聞いたところ「逃げればいいよ」等と話し、また「二丁目にいたころ、そのマンションの子どもと遊んでやったんだ」と話していました。

マンションに着いたのが、午後二時十分ころではないかと思います。

自転車は、マンションの近くに止めましたが、はっきりどこに止めたか覚えていません。

三、三人いっしょにマンションのほうに歩いていき、正面からマンションのなかに入りました。一階のエレベーター前で彰君は、自分から「ここで待っているよ」と言ってきたので、見張り役でもやってもらおうと思い、「じゃ、ここで待っていろよ」と告げたのです。いっしょに行けばいいなと思いましたが、本人が待っていると言うし、見張りでも役立つと考えたわけです。

私と武志君はエレベーターに乗りこみ、いちばん上の五階まで行ったのです。武志君のあとを付いていったのです。

通路を通っていきましたが、エレベーターのなかや五階通路では、だれとも会いませんでした。端《はし》のほうの部屋のドアの前に立ち止まり、武志君がなにか人の名前を呼ぶような声を出したのです。

すると内側からその出入り口のドアを開けてくれたのです。部屋のなかにいたのは、小学校一年生くらいの男の子（半ズボン姿の子ども）でした。

私たち二人は、すぐその玄関から部屋のなかに入りこみ、はいていた靴を脱いだのです。このとき、私は武志君に五階通路で渡された毛糸様の手袋（黒っぽい感じの色）を両手にしていました。もちろん武志君も自分で準備した毛糸様の手袋（緑っぽい感じの色）を両手にしていたのです。

私は奥のほうにだれか人がいるのかと思い、奥のほうに気をつけていましたが、その気配はなく、部屋にはその男の子一人だけの様子でした。

私と武志君は、その男の子のあとを追いかけるようにして、まんなかの部屋に追いこんだのです。

武志君は、その男の子に「お母さんはどこに行った？」と話しかけたら「買いものに行っているよ」と子どもが答えていました。

また武志君は子どもに「学校はどう」等と話したのです。

そのうち武志君は子どもに「お金のあるとこ知らない」と優しく聞いていました。

子どもは「なんでそんなことをするの」等と言っていましたが「あそこだよ」と言って指を差したのです。

武志君は、その方向に向かい、タンスのようなものに近づき、引き出しを引きだしはじめたのです。

私は子どもに逃げられたらいけないと思い、部屋の入り口に立っていたのです。

子どもが、その武志君を見て「お兄ちゃん、そんなことしちゃいけないんだよ。そんなことはドロボーだよ」と言ってきたのです。

子どもがそのように騒ぎだしたので、私が「うるせえから黙ってろ」と大声で怒鳴ったのです。

子どもは急に大声で泣きだしたのです。

四、武志君は引き出しのなかのお金を探すのをやめ、子どもに近づき、なだめようとしたのです。私はだれか帰ってくるのではないかと気が落ちつきませんでした。武志君は「もうしないから静かにしてくれ」等の内容のことを子どもに話していましたが、子どもは泣き止みませんでした。

こんどは武志が怒りだしたのです。

子どもと武志は正面から向かいあう姿勢でした。私は武志の背中を見た格好でしたが、武志が子どもの首を絞める様子はわかりました。

子どもは手と足をバタバタと動かし、声は言葉にならず、うなり声のように「ウー」という苦しそうな声を出していました。

子どもの首を絞めたのは武志自身の両手なのか何かヒモのようなものを使ったのかよくわかりませんが、武志君の手元が子どもの首元にあったことはまちがいありません。

一、二分もしないくらいで、子どもの手足をバタバタするのがやんだのです。手、足がダラリという感じになったのです。手を離すと子どもは、あお向けのかたちで床に倒れたのです。

「どうしよう、死んじゃったのかな、どうしよう」と、私に武志は言ってきたのです。

武志は、子どもの両手を引っ張るようにして、部屋から引きずっていきました。

その子どもをどこに持っていったかは知りません。

私は子どもを移動する前に、耳を子どもの胸にあてて、心臓の音を確かめましたが、動いている様子はなかったのです。

子どもを殺した部屋で二人で「どうしよう」等と話しあったのです。

二人で逃げよう等と言ったのです。

五、ドアの開く音がしたのです。

「ヤバイ」と思い、すぐ部屋の壁にくっつくように隠れたのです。武志君はこのとき、別の部屋にいたのです。子どもの名前を呼んでいたようです。そして玄関の私たちの靴を見たのか「だれか来てるの」というような女性の声がしたのです。

私の隠れていた部屋を通りすぎ奥のほうに行ったのです。すぐ武志が見つかったらしく「遊びにきたの」と言われていました。その直後に、女の人は子どもを見つけたらしく驚いたような声で「あの子どうしたの」と叫んだのです。子どもを殺したことがバレてしまったと思ったのです。

武志君は女の人に問い詰められ、なにか言いわけのようなことを話していました。

私は部屋を出て廊下に立って奥の二人の会話を聞いていたのです。

そして、女の人が武志のほうから私のほうにきたのです。

女の人はおばさんで年齢三十歳くらい。スカート姿でした。

私を見てそのおばさんは「なんでアンタはここにいるの」と強い口調で言ってきたのです。

私はあとずさりするようにして元の部屋に入ったのです。そして「部屋を荒らしたのもアンタがやったのね」と言われたのです。

私はおばさんに子どもを殺したことがバレてしまう、ということしか、その瞬間頭には考えがありませんでした。

このおばさんをなんとかしようと思い、向かいあったおばさんの腹を二、三回右こぶしで強く殴りつけたのです。おばさんは廊下側の壁に頭をぶつけ、よろけたりしたのです。

おばさんは、私の攻撃に対し、部屋から逃げだしたのです。私はあとを追いかけ、入り口から入って左側の部屋付近で、そのおばさんの首を両手で強く絞めたのです。

「この人を殺そう」と思っていました。こっちの部屋には、電話もあるかもしれない、警察に電話されると困るという気持ちでした。おばさんは立てひざになっており、私は立ったまま、力いっぱい手で首を絞めつづけたのです。

おばさんは苦しそうなうめき声を上げ、私の手を振り払おうとつかんできましましたが、私は全身の力を入れ、首を絞めつづけたのです。私は声も出さず、夢中で首を絞めたのです。

武志は私の近くにいたのか、よく覚えていません。約四、五分、同じ姿勢でおばさんの首を絞めたのです。

時間がたつにつれておばさんの抵抗が弱くなっていくのがわかりました。手を離したところ、床にあお向けとなったのです。まったく動きませんでした。

「武志君ちょっと来て」と呼んだのです。武志は、すぐ私とおばさんのところに来たのです。

「死んじゃった、どうしよう」と私は話したのです。

おばさんも子どものところに連れていこうと話してましたが「やっぱり最初の部屋がいいよ」と武志が決めたのです。

私にはその理由はわかりません。とにかく二人でおばさんを運ぶことにしたのです。私が両手首の部分を持ち、武志が両足先をかかえるようにして、おばさんを持ちあげ、おばさんを殴った部屋に運んだのです。


注＝このとき供述人が平成元年四月二十五日作成した「子どもとおばさんを殺したときの部屋の図」一葉を差し出したので、本調書末尾に添付することにした。

六、私はその後、早く逃げようと思い、玄関先に行って、自分の靴をはいていました。武志はおばさんを運びこんだ部屋にいたようです。部屋から武志はなかなか出てきませんでした。なにをぐずぐずしているのかと思い「なにやってんだ。早く行こうぜ」と声をかけたりしたのです。
三、四分くらい、玄関で待ったように思います。武志は、ジャンパーの下になにか隠し持って玄関に来たのです。そして二人で、その玄関から逃げたのです。エレベーターで下りていったのです。

一階エレベーターの近くに彰が待っていたのです。彰は私たち二人に「青い顔をして震えて、なんだよ」と言ってきました。

このとき、彰にはなにも話しませんでした。

七、まっすぐ彰の家に向かいました。部屋のなかで武志が現金約六万円くらい（一万円札千円札混ぜこぜ）を出したのです。

私は現金約二万円（一万円札一枚、残り千円札）を受け取り、彰に武志が現金を渡していました。金額はわかりませんが、私と同じくらいかもしれません。

残りが武志ということになります。いくらとったかははっきりわかりません。

このとき「子どもとおばさんを殺した」と彰に話し「このことはだれにも話すなよ」と口止めをしたのです。

部屋から持ってきたと思われるバッグについては色、形等ははっきりと見ていません。

夕方の六時ごろまで彰のアパートにいて、私は当時の住居に帰りました。武志は、まだアパートに残っていました。

八、午前十一時ころ彰のアパートに行ったのです。昼過ぎには武志も彰のアパートにやってきました。武志が「新聞に載っているぞ」と殺人事件のことを話したのです。聖教新聞を彰は見ていましたが、載っていませんでした。気になってテレビのニュース等を見ていたところ、綾瀬のマンションで母と子が殺されたというニュースを見たのです。
これが私たちが昨日やった事件だと怖くなったのです。私たちがいま話しましたように、お金が欲しく泥棒に入り、その際、子どもに騒がれ、子どもを殺し、その母親に見つかり、その母親も殺したことになりましたが、その人は足立区××、志田幸江　三十六歳、真　七歳ということをいま知らされました。
公園の近くのマンションで殺人事件があったのは、そのマンションの志田さん宅だということですから、私たちが殺した人は幸江さん、真君の二人ということになります。十一月十六日というのを覚えているのは、人を殺した大事件を起こしたので覚えていました。
このとき、本職は供述人が作成し、提出した子どもとおばさんを殺したマンションの図を一葉本調書に添付することにした。
早川　光次
右のとおり録取し読み聞かせたところ、誤りのないことを申し立て署名した。
前同日
警視庁綾瀬警察署派遣
警視庁刑事部捜査第一課

司法警察員
警部補　　　　　立川　　勇

立会人
警視庁綾瀬警察署
司法警察員
巡査　　　　　下山　義夫

「調書は〝ぼくはちがうんだ〟という思いがありましたが、署名しないとどうしようもないし、殴られたりしそうなので、しょうがなく署名しました」

記録をとっていた刑事が、部屋を出て戻ってくると、逮捕状を光次に見せた。

「これから自分はどうなるんだろう」と急に不安になったが、光次には何も考えは浮かんでこなかった。

リアルな犯行の筋書き

無実の少年たちが、強盗殺人事件の犯人に簡単に仕立てあげられてしまうえん罪事件が現代社会で起きたこと自体が不思議な話だ。

それも凶悪事件捜査についてはプロの集まりである警視庁捜査一課のベテラン刑事たちが犯してしまったのだから事は重大である。

だが、事実経過をよく調べてみると、プロの刑事たちが想像できないほど、三人の少年たちは、学校の教師や仲間から疎外され、人間不信に陥り、強い者に対して迎合的な態度をとることで身を処してきたことがわかる。

凶悪犯ばかりを相手にしてきた警視庁捜査一課の刑事は、そうした少年たちの心理を見抜けず、凶悪犯に対してとっているのと同じように強圧的な態度をとれば、真実を話すという思いこみをしていたのが、そもそものまちがいだったのである。

三人の少年のなかでも比較的、頭の回転がよく、想像力も豊かな光次の心理が読めなかったことも大きく影響した。

光次のもう一人の付添人である栄枝明典弁護士が、事件の捜査記録のコピーを手に入れたのは六月一日のことだ。

記録に目を通すと奇妙なことに気づいた。

被害者も、現場のマンションの様子も知らない光次が、自供直後の取り調べから、なぜか犯行の中身をなまなましく供述した調書があるのだ。

しかも、マンションの見取り図まで書いていた。

「三人の調書を読むと光次の供述は、武志や彰に比べて変遷がほとんどなく一貫している。つまり、光次の調書が事件の筋書きをつくって、それに武志や彰が供述を合わせたことがわかるんです」

光次は取り調べの恐怖から解放されたいと、犯行を「自供」してしまったが、身に覚えのないことなので、どうやって子どもと母親を殺し、金を奪ったか、という犯行の筋書きを説明することはできなかったはずだ。

それなのに、逮捕当日の供述調書（四月二十五日付員面）には、犯行のくわしい筋書きが一見、リアルに描かれていた。

栄枝弁護士は、この調書がどのようにつくられたのかを知ることが、事件の真相を知るうえでカギになると考えた。

その答えは光次によると単純だ。

「刑事が質問と答えがいっしょになった聞き方をするんで、ぼくは、ただ言われたとおりに答えていればよかったんです」

たとえば、武志との役割分担は、刑事が「おまえのほうが力強いんだから、おばさんを殺して武志が子どもを殺したんじゃないか」と聞いてきたので「そうです」と答えた。

「マンションの入り口で、彰が見張りをしていたことも〝彰は一階で待ってたんじゃないか〟って、はじめから質問のなかに答えが入っているという具合なんです」と光次。

刑事の質問から答えが推測できないときは、自分の身近な体験や空想を織りまぜて供述をつくった。

「犯行の道具に刃物とかヒモとか持っていかなかったか」と聞かれると「手袋」と答えた。自分は犯人ではないから、現場に指紋は残っていないはずだ。だから手袋をはめていないとおかしいことになると考えたのだ。

武志に首を絞められた子どもの様子は「武志が口を押さえていたのでウーという声がした」と、想像をはたらかせて答えた。

室内の見取り図は、事件後に武志といっしょに現場に出かけたとき、部屋数が六つあることを武志が教えてくれたので、そのまま書いた。

「部屋が左右三つに分かれているのは想像。家具やピアノの位置は、刑事が〝ここにタンスがあったんじゃないか〟と指差してくれたので〝そうです〟って言ってるだけで、どんどん見取り図はできあがっていったんです」

あるときは刑事の誘導で、あるときは光次の想像で、犯行の筋書きが次々と描かれ、調書は埋められていった。

光次が犯行に直接かかわったとされたのは、母親の殺害の場面だ。六月二十六日と七月二十日、東京家裁の審判廷に立った光次は、この場面の取り調べの様子をこう証言した。

付添人　犯行の途中で、おばさんが帰ってきたことになってるが、どうしてかな。

光次　警察から最初は〝おばさんは、買いものに行っていたんじゃないか〟と聞かれ、また、そのあとに〝おばさんが帰ってこなかったか〟と聞かれましたので、〝途中で帰ってきた〟と答えました。

付添人　おばさんの年齢が三十歳くらいとなったのは。

光次　警察から〝年齢は三十代か四十代か〟と聞かれたときに〝三十代〟と答えたからです。

付添人　おばさんに見つかったあと〝なんでアンタはここにいるの〟と強い口調で言われたという筋書きは。

光次　警察から〝武志は前に何回かおばさんに会っているけど、おまえは、はじめてだから、おばさんに何か言われなかったか〟と聞かれましたので、自分で考えて答えました。

付添人　向かいあったおばさんの腹を二、三回右こぶしで殴りつけたというのは。

光次　警察から〝おばさんを殴ったんじゃないか〟と聞かれたので〝三、四回殴った〟と言いました。顔を殴るというように言わなかったのは、自分が友だちとけんかするときには、顔を殴ることは少なく、お腹を殴ることが多いからです。

付添人　そして、おばさんが逃げだして廊下の壁に頭をぶつけたことになったんですか。

光次　警察から〝どこかにぶつけなかったか〟と聞いてきたので、〝壁に当たって倒れた〟と作り話をしました。すると、こんどは〝おばさんは逃げたんじゃないか〟と聞いてくるので〝逃げた〟と答えると、〝四つんばいになっていたか〟と聞かれました。

付添人　〝この人を殺そうと思っていました〟という供述があるのは。

光次　警察から〝殺そうと思っていたか、それとも、そうでなかったのか〟と聞かれたときに、〝殺そうとは思ってなかった〟と答えました。あとは〝そのときは、無我夢中だったので、よく覚えていません〟と言いました。読み聞かせのときには、もう疲れていましたし、次の日にも、またうそを言わなければと考えていて、よく聞いていませんでした。

付添人　どうして立ちヒザでおばさんの首を絞めたことになったの。

光次　そのとき、おばさんは四つんばいになって逃げたということになっていましたから、私のほうから立ちヒザになったと言いました。

付添人　おばさんの首を絞めたあと、武志を呼んだことになったのは。

光次　〝武志君ちょっと来て〟と呼んだようになったのは、武志はその部屋にいなくて、（おばさんを別の部屋に）運ぶときには、二人で運んだことになっていたからです。

付添人　おばさんをわざわざ殺した部屋から別の部屋に、運んだことになったのは。

光次　警察から〝おばさんをほかの部屋に運ばなかったか〟と聞かれたときに、もちろん、ぼくは、死体がどこにあったか知りませんでしたが、ほかの部屋に死体があったんだと思ったので、そのように答えました。最初〝ぼくが右側奥の部屋から、正面の奥の部屋に運んだはずだ〟と言いましたら〝ちがうだろう〟と図面の左側のまんなかの部屋を指して言いましたので、ぼくも〝そうかもしれない〟と答えました。警察でそう言うものだから、簡単に考えてそう答えたのです。

犯人だったらこうするんじゃないか

光次の証言で、密室での取り調べの一端が、白日のもとにさらされた格好だが、栄枝弁護士は光次が審判廷に立つことには、大きな不安を持っていた。

「実は、光次君と会って、はじめは疑ってしまいました」

光次が犯行を否認した二日後の五月三十日、栄枝弁護士は主任付添人の吉峯弁護士といっしょに、東京少年鑑別所で光次と面会した。事件のことを聞かれると、光次は警察で教えこまれたとおりの筋書きを話しはじめた。

「光次君の話は、まるでほんとうの犯罪を犯した犯人が話しているように聞こえるんです。たとえば〝そのとき、おばさんはあとから帰ってきました〟というように、その場にいた人間が見たり聞いたりしたような言い方なんです。〝ぼくは、やってない〟と言ってるのに、なぜこんな言い方するんだろうかと不思議でした」

これにはわけがあった。

光次は、警察の誘導のままに作られた四月二十五日の自白調書の内容は、もちろん全部うそだったので、こんどは、次の日から「刑事に、もっとくわしく聞かれたらどうしようか」と心配しなければならなくなった。

刑事の期待している答えとちがう答えをすれば「いまにも殴られるのではないか」といつもビクビクしていた。

そして、「殴られまい」と思うあまり、刑事の問いのなかから自分が知らない事件の筋書きやヒントを見つけだし、警察のつくった筋書きを真実味のあるものにしていくのに一生懸命だった。「金田一耕助」シリーズで知られる作家横溝正史の推理小説の愛読者だという光次は、刑事の誘導に従って調書をつくっているうちに、「犯人だったらこうするんじゃないか」と無意識に小説のなかの犯人のような気分になって、十日目ころから自分でストーリーを考え、自然に話せるようになっていったのだ。

「刑事に殴られないように必死で筋書きを考えてるわけですから、光次はそれが事実だという認識はないんだけど、あたかも事実のように筋書きをしゃべってしまうんです」

光次がこの調子で裁判所で話したら、犯行を犯したようにとられてしまうと不安になった栄枝弁護士は、同じ付添人の吉峯弁護士と審判のはじまる三十分前に、家裁の地下にある面会室で光次に会った。

「審判廷の供述は最大限の証拠価値がありますから、どうしたら光次君は自分の言いたいことを審判廷で表現できるだろうか、と深刻に考えました。いくら〝誤解されないように言え〟と言っても、少年には表現力がなく、自分の言いたいことを話しはじめても、途中で言葉が途切れてしまうし、警察で徹底的に筋書きをたたきこまれたため、真実の話と調書にとられた筋書きの話を、ごちゃごちゃに話してしまうありさまでしたから、キーワードを作ってあげることにしたんです。〝という筋書きになりました〟とか〝という話を作りました〟というキーワードを証言のあとにかならず付けろと教えたんです。この言葉を付けるだけで全然証言の意味がちがいますから。審判では光次君がきちんと真実の話とは区別して、調書にとられた筋書きの話のあとに、かならずキーワードを付けて話してくれたので、光次君の言わんとすることが正しく表現されたので安心しました」

少数者の立場に立って

刑事事件、なかでも少年事件は頼まれると断らないことにしているという栄枝弁護士が、それまでの建築家志望を変え「弁護士になろう」と思い立ったのは高校二年のときだ。

裁判官だった父親の仕事の関係で、中学、高校時代を神戸で過ごした。

「当時、神戸という町はお金持ちと貧乏人が同居している不思議な街だったんです」

山から海に向かって歩いていくと、山の手は大きな邸宅街で、阪急電車を越えて、ＪＲの踏み切りをくぐると、海沿いを走る阪神電車にぶつかる。

「ここまでくると、電車から見える風景は山側と比べて貧しいのです。さらに、海のほうへ行くと、モクモクと煙を上げてこれは公害じゃないかという工場群が姿を現すんです」

栄枝弁護士は、東京・代々木のオリンピックプールのような建物をつくる、芸術家であると同時に技術者である建築家を夢見ていた。

「それが、海のほうの貧しい家を見て、いったい、ぼくはだれのために家を建てるのかなと、考えるようになったんですね。そのころ、ラルフ・ネーダーというアメリカの弁護士が活躍していたときで、彼みたいな住民運動や消費者運動を指導する弁護士になりたい、社会的に弱い人や少数者の立場に立って弁護士ができたら、と思うようになったんです。華やかな高度経済成長の一方で、そこから落ちこぼれた社会の矛盾が拡大するという、ちょうどそういう時代だったんです」

東大の学生時代は自治会役員として活動した。ビラの印刷や立て看板づくり、マイクを握っての演説と、授業もそっちのけで毎日、学内を奔走した。

「ビラは手で書いてました。ボールペン原紙を使って、印刷してました。来る日も来る日も輪転機を回しているという生活でした」

政治的にはノンポリだった栄枝弁護士が、自治会活動に足を突っこむきっかけは、入学まもない五月、学内で内ゲバ事件を目の当たりにしてからだ。

「語学の授業に出る途中に金属音がするんで教室をのぞいたら、対立するセクトどうしの内ゲバの鉄パイプの音だったんです。死亡事件にはならなかったけど、ぼくは殴られる学生の周りでただ立ってただけだった。〝正義とか、人のためとか言っても、いざ自分が傷つくかもしれないという恐怖の前ではなにもできなかったな〟と、悩みました。そのときの〝なにもできなかった〟

という後悔から、ぼくは内ゲバのような痛ましいことが二度と起きないために、自分なりにできることからやっていこうと考え、そのためには学内の自治活動や政治活動にも目をそむけてはいけないと考えるようになったんです」

法学部の三年に進級した春、栄枝弁護士が自治会の役員選挙に立候補すると、立候補者の看板を見た仲間がいろいろと言ってきた。

「〝なんてばかなことをするんだ、おまえ、就職しないのか〟とか。自治会の役員をすることは、就職できなくなることだとみんな信じていましたからね。〝司法試験を受けるといったって、受かる保証はないんだぞ〟とも言われました」

栄枝弁護士を特定の政党と結びつけてみる友人もいた。そういうふうに世間が見ることは、当然覚悟はしていたことだが、残念なことだった。

「立候補は、ぼくにとってほんとうに大きな決断でしたね。いままでの優等生が、それまでの自分を否定してしまうようなね。でも、どんなふうに見られても学内の問題に目をつむって、学生の立場から発言する勇気がなければ、安全な地位に立った将来、なにを語っても信じてもらえないと思い、決断したわけです。こだわりを捨てたおかげで、いままで見えなかったことが素直に見えるようになったという発見もあります」

四年の五月、自治会役員の任期が終わると司法試験の勉強に取りかかった。二年留年して二年目で合格した。

二十六歳で弁護士生活のスタートを切ったが、最初に担当した刑事事件が少年事件だった。その少年は暴走族を取り締まり中の警察官に、体当たりして逃げようとして公務執行妨害で捕まったが、事実を否認していた。

栄枝弁護士は少年と面会して「自分はほんとうにしてない」という言葉を信じ、付添人を引き受けた。調べてみると、少年の言うように警察官に体当たりした事実はなく、事件は警察のデッチ上げであることがわかった。家裁でも非行事実なしという無罪の決定が出た。

「少年は暴走族を抜けようとしていたんです。家裁の決定が出ると、暴走族をやめてまじめに生きていくと固く約束してくれましてね、それを実際守ったんです。うれしかったですね」

栄枝弁護士は、少年事件は「弁護士報酬をもらわなくてもやりたい事件」という。

「少年事件はほとんどが名もない事件です。でも子どもは一生懸命尽くしてあげると確実に変わるんです。これがぼくの弁護士としての最大の喜びなんです。少年院に行くかどうか人生のもっともシビアな面にかかわれるわけでしょ。少年が大きくなったときに、あのとき、あの弁護士さんが自分を守ってくれたなと思いだしてくれるでしょ。悪の道に染まったときにも、いけないことしちゃった、あのときの、あの先生の言葉を裏切っちゃったなと思いだしてくれるでしょ。少なくとも少年の人生のなかで、そういう最小限度の感銘は与えられるわけで、そこにかかわれる弁護士は幸せだと思います」

だが、光次の付添人を担当した母子強盗殺人事件は、子どもの成長というよりは、むしろえん罪の構造を暴き出したことのほうが貴重な勉強になった。

「えん罪というのは世の中にたくさんあるはずだけれど、ここまで明確に現れた事件というのはそうないわけです。しかも、そのえん罪を隠そうと警察が醜く動いたわけですから、世の中のもっとも恐ろしい部分を見たというのが、ぼくにとってかけがえのない体験だったですね。今回は、そこのほうが大きかったような気がします」

第6章　暴かれたアリバイ隠し

てめえ、まだうそ言ってるのか

ぼくが、思ったこと

ぼくは、はじめマンションの一かいに、いただけで、五かいに、上がって、ないのに、けいじさんに話しすれば、武志君や光次君と、いっしょに、五かいに、上がったと、思われるのが、いやだったし、話せば、ぼくも、いっしょに、つかまると思ったし、光次はたん気ですぐなぐるので、あとから、なぐられると思ったから、本当のことは、言えなかったのです。けいさつにきて、事けんのことを、いつまでも、だまってても、仕方が、ない。ぜったいに、いつかは、ばれると思ったし、早く事けんのことをかたずけて、みんなにあやまりたいと思ったので、すすんで話しすることにして、ぼくは、きょ年の11月16日マンション１っかいで、見はりをして、いたことを、話したのです。

武志君や、光次君が、五かいに、上がったことも、いつまでも、話さなければ、あとで、すぐに、ばれると、思ったので、話したわけです。

ぼくは、マンションの五かいは上がってません。

１かいで見はりをしただけです。

平成元年5月3日
東京都足立区××町××

峰山　彰

事件では、見張り役とされた彰は、警察の取り調べで犯行を認めるこんな作文を書かされていた。

三人のなかで真っ先に彰が犯行を自供したのは、逮捕前日の四月二十四日である。

この朝、彰と武志は、刑事に頼まれた徳田昌平に呼びだされ、徳田の家にいた。そこへ刑事がやってきて「事件のことで話が聞きたい」と言われ、綾瀬署の捜査本部まで連れていかれたのだった。徳田は、彰と武志にアルバイト先の塗装店を紹介した男である。

取り調べでは、二人の刑事が「三人でマンションに行っただろう」と、はじめから彰を犯人扱いした。「早よう言わんかい」と、ヤクザが使うような言葉で怒鳴られた。

「十一月十六日は仕事に行ってたと思う。マンションには行ってない」

彰は、事件当日はペンキ塗りのアルバイトで、千葉県船橋市の仕事場にいたとアリバイを主張したが、刑事はそれには耳もかさず「てめえ。まだうそを言ってるのか。この野郎」と、定規で机をたたき、声を荒げた。

「殴られるんじゃないか、髪を引っ張られるんじゃないかと怖くて、何回か泣いちゃった」と彰。

身長一六三センチ、体重七四キロ、胸囲九四センチ。彰は三人のなかで体格はいちばん良かった。だが、口蓋裂症《こうがいれつ》のため生まれつき言葉が少し不自由で、小学校時代から、みんなに話し方を真似され、いじめられてきた。

口で言い返そうとしても、うまく言葉にならず、強い相手にはニコニコ笑って言いなりになるしかなかったのだ。それが彰にとって生きるための処世術だった。

そんな彰にとって、刑事は逃げられない強い相手に映った。狭い取調室で、刑事に怒鳴りあげられると、恐怖と緊張のあまりいっそう、言葉が出なくなった。

彰が犯行を自供したのは、夜の八時ごろ。取り調べは午前十一時すぎから始まっていた。

「早く認めちゃえば少年院に送られないし、長くても二、三週間ですむぞ」

「きみは武志たちとちがって、人を殺しているわけでないから心配いらない」

長時間の取り調べと恐怖感で疲れきっていた彰の心のなかに、刑事の言葉が巧みに入りこんできた。

「このままじゃ絶対帰してもらえないな。マンションに行ったとさえ認めれば、帰れるんじゃないか」

そんな思いにかられた彰は、その場逃れに「行きました」と犯行を認めてしまった。

供述調書ができあがって、彰がやっと取り調べから解放されたのは、翌日の午前二時半を過ぎていた。

「少年事件の取り調べには、成長段階にある少年の心理や特性に十分配慮することが義務づけられているんです。それなのに、彰の場合も守られていなかった」

彰の付添人である森野嘉郎弁護士は、警察の取り調べ方法を、こう厳しく批判する。

警察には少年事件の取り扱いに必要な事項を定めた「少年警察活動要綱」がある。

少年事件の具体的な処理手続きをはじめ、二十歳未満の少年を調べる場合、警察官がどんな点に留意して捜査に当たればいいかが細かく記されている。これは警察自身が取りまとめた内規で、自ら守らなければならないとしているものだ。

「要綱の第八条では、少年を警察に呼びだすときは、保護者に理由を告げて同意が必要なのに、彰の父親は深夜帰宅するまでなにも知らされてなかった。取り調べについても、九条で夜間の遅い時間は避けたり、長時間にならないよう定めているんですが、これも守られていませんでした」と森野弁護士。

九条では、取り調べは少年や保護者などの年齢、性別、性格、知能、職業などを考慮して、わかりやすい言葉を用いることも留意点に挙げている。

森野弁護士は、この点がまったく生かされていなかったことが、彰にはひどくこたえたとみている。

「彰は言葉にハンデがあって、同級生のいじめや暴力が原因で登校拒否状態になったわけです。ふつうの少年に比べても自己表現が下手なうえに、自己防衛の力も劣っている。刑事がそれを承知で、ヤクザ言葉で怒鳴ったり、長時間一方的に自白を強要したりすれば、彰は後先のことも考えず簡単に迎合してしまいますよ」

要綱に従って、恐怖心を持たせず、じっくり話を聞いてやる姿勢が刑事にあれば、彰も「マンションに行った」と〝自白〟しなかったし、捜査陣もふり回されなかったはずだ、と森野弁護士は言う。

その後、彰は、当時の付添人町田弁護士と面会した五月二日と九日にも「マンションには行ってない」とアリバイを主張した。

そのたびに刑事に「弁護士になにを話したんだ」と聞かれ「まちがいなくマンションに行きました」と犯行を認める〝自白〟に逆戻りしていた。

社会に役立つ仕事を

森野弁護士が彰の付添人になったのは、弁護士になって、まだ二年目のことだ。二十八歳で、九人の弁護団のなかではいちばん若かった。事件当時は法律事務所に勤務する弁護士、いわゆるイソ弁で、新婚半年目だった。

司法研修所で研修中は、弁護士になるか裁判官になるかで、一時期、選択に迷ったことはあったが、とくに刑事事件や少年事件に関心があったわけではなかった。

「とくにやりたいというものがなかったこともあって、まずは、しっかりした事務所で修行して、弁護士としての力をつけることが必要だと思ったんです。そういう力があれば、いざというときに自分のやりたいことや、世間の人が自分にやってほしいと思うことができるだろうと考えていたんです」

一浪後に東大に入学、入学後はアルバイトをはじめた。はじめのころは他の学生がよくやる家庭教師はせずに、語学教材のセールスマンや建築現場で働いてみたりもした。

「親からの自立などと言って格好つけましたけど、三、四カ月頑張っても、商品がなかなか売れなかったりしてたいへんでした。結局は親から仕送りをもらっていましたね」

東京湾近くの冷凍倉庫で冷凍マグロの積み下ろしのアルバイトもやった。

コンテナからマグロをベルトコンベアに下ろす作業で、冷凍マグロの箱は重さが二十キロ以上もあった。

「周りのおじさんたちが、始める前に〝きょうの荷物は百何十トンだ〟なんて言っているのを聞いて〝最後までやれるかな〟と心配になったんですが、案の定、マグロの箱どうしが凍りついて動かない。もともと腕力などないところに、三十分もやったら、腕が棒のようになって、凍りついたマグロの箱を動かせないし、力が入らず持ちあげることもできなくなったんです。〝これは途中で逃げるしかないな〟とも思いましたが、ここで逃げたらあまりにも情けないなと気を取りなおし、仕方がないからからだごとぶつかって落としていました。終わってみると、からだの半分には青いアザができてたし、二、三日はからだじゅうが痛くてたまらなかったですね」

司法試験を受けたのは四年の春。二度目で合格したが、これがしたいという欲求よりも、組織に寄りかからず、社会に役立つ仕事ができるのではないか、といった漠然とした気持ちだった。

子どもの問題にかかわるようになったのは弁護士になって二カ月。研修所時代の同期生から「私立高校で起きたバイクの退学事件をやらないか」と声がかかった。バイクの免許を取った高校生が校則に違反してバイクに乗ったため退学処分になったという事件だった。

「人権に関する事件を何かやってみたい」と思っていたときだったので、二つ返事で引き受けた。その後、この事件で知りあった弁護士といっしょに、ほかの少年事件を担当するようになったりしているうちに「彰の付添人をやってほしい」という依頼が飛びこんできたのである。

「事務所の事件と両立させるのがたいへんでしたし、彰のアリバイ立証で走りまわったり、家裁に出す意見書づくりでは徹夜つづきになりましたが、ほんとうにいい経験になりました。自分の将来進むべき方向性にも大きな影響を与えてくれた事件です。子どもの人権のためには、捜査側やときには裁判所とも闘っていかなければならないんだということも実感できました」と当時をふり返る。

その後も、過労死や外国人労働者問題、同性愛者の差別事件と、人権問題とのかかわりは続いている。

同性愛者の差別事件とは、九〇年四月、同性愛者のグループが、グループ内の学習会のため東京都府中青年の家に宿泊利用を申しこんだところ、断られたというものだ。

同性愛者のグループは、正当な理由もなく施設利用権が侵害されたとして裁判を起こしたのだが、森野弁護士は、その弁護団の一員である。

はじめは、頭では同性愛者の言いたいことは理解できても、違和感はどうしてもぬぐえなかった。しかし、泊まりがけの合宿などで自分自身の性意識も含めて議論したりしているうちに、彼らが、自分自身のことについて、いかに悩んできたかということや、世間一般の若者たちよりも、よほどしっかりした考えを持っている人が多いことがわかってきた。

「ぼく自身にも、やはり偏見からくる差別意識があったんだと思います。それを少しでも取り除いていくのは、頭で考えるよりも、その人たちと長い時間かけて接しながら、誤解をなくし、おたがいに共感できる部分を増やしていくしか方法はないでしょう。この事件は同性愛者にとっては、まさに自分自身の人権が侵害されているのですが、同性愛者が自分たちの差別と闘うことは、自分たちの存在をとおして、異質な少数者を排除しようとする社会の危険性を問いかけているという点では、われわれにとっても重大な意味があるんです」

「ふつうとちがう」という偏見が同性愛者への差別を生んだように、言葉のハンデを持つ彰もまた、差別のなかで傷めつけられていたのだ。

アリバイ解明のカギ

森野弁護士が東京家裁に出かけ、彰の捜査記録に目を通したのは五月三十一日の午後だ。記録のなかから森野弁護士が、彰のアリバイ関係の供述調書を一時間かけて読んだ。

というのは、前日、東京少年鑑別所で面会した同じ彰の付添人の須納瀬学弁護士に対し、彰は犯行を否認して「ぼくは仕事に行ってた」と事件当日のアリバイを主張したからだ。

彰が徳田の斡旋《あっせん》でマンションやビルの塗装を請け負う三橋塗装店で、アルバイトをはじめたのは、中学三年の夏休み。仕事場の雑用係だったが、勤務成績はよく、一カ月で十六万円も稼いだ。

二学期は十一月になると、ふたたびアルバイトをはじめた。事件の二週間前、アパートの彰の部屋で、彰、武志、光次の登校拒否仲間三人が遊んでいるうち、布団を焦がすボヤ騒ぎを起こした。それで、父親の順一が「家にいて、また問題を起こされても困る」と心配したため、アルバイトをはじめたのだった。

アルバイト先は、船橋市のJR船橋駅南口にある駅ビルの船橋シャポーと、それに隣接する西武デパート船橋店だった。ここで彰は、ペンキを塗るための下地づくりであるケレンというサビ落としや、塗装工の手伝いをしていた。

ところが、犯行を自白した三人の供述調書では、十一月十四、十五の両日、彰のアパートの部屋に集まってマンションに強盗に入ることを計画、十六日に実行したことで供述が一致していたことになっている。

彰が言うように事件当時のアリバイがあるなら、それを裏づける証言が、仕事場でいっしょだった同僚の供述調書のなかにかならずあるはずだ、と森野弁護士は考えた。

アリバイ関係の調書を読んでいくと、塗装工の田上正昭が「日付は、はっきりしないが、事件のあったころ、彰を仕事場で見かけた」と供述していた。

「彰と電車でいっしょに帰ったという具体的な証言もしてる。それでなんとなく〝アリバイが成立するんじゃないか〟という感触を持ったんです」

翌六月一日には、須納瀬弁護士から「別の塗装工の高垣友夫が、やはり調書で事件の発生したころ、彰とシャポーの外壁を塗る仕事をやったという証言をしてる」という連絡があった。

「彰を見た」とか「彰となにかをした」といった点に絞って、弁護士たちは、いっしょに仕事をしていた仕事仲間の調書を読んでみたが、結局、事件の前後に「彰を仕事場で見た」と具体的な供述をしていたのは、田上と高垣の二人だけだった。

二人が彰を見た日が、事件のあった十一月十六日だと証明できれば、彰のアリバイを立証することができる

森野弁護士と須納瀬弁護士は、田上と高垣を含め仕事仲間の調書から、彰を見た日を特定できそうな証言を拾いだすと、分析作業を急いだ。

「田上の調書を整理してみると、都合がいいことに、田上が十一月に船橋の仕事場に出たのはわずか三日間だけ。しかも出勤日は連続していた。そのうちの二日間は、彰に会ってたことがわかったんです」

田上の四月二十九日付員面調書によると、田上が西武デパートの仕事場に出た最初の日は、午後五時に仕事が終わると、彰といっしょに電車で帰ったと証言していた。

二日目は午前八時三十分ごろ仕事場に着いたが、現場事務所で彰が「おはようございます」と入ってきたのを記憶していた。その日は仕事が徹夜になったが、明けの三日目は彰を見ていない、というのが主な内容だった。

一方、高垣の四月三十日付員面調書からは、西武デパートで働いたのは十一月は七日間程度で、最後に出勤した日の午後、彰と駅ビルのシャポー外壁のペンキ塗りをしたことを供述していた。

高垣が外壁のペンキを塗り、彰は下の通路で通行人にペンキがかからないように、交通整理をするのが仕事だった。

そして、その夜は高垣も、西武の内装の仕事を徹夜でしていた。

「徹夜が一つのポイントだなと。田上も高垣も徹夜で仕事をした日に彰を見てる。それで、それぞれ徹夜した日がいつかを探したんです」

調書にない新事実

森野弁護士は六月一日の夜に、調書の内容を確かめようと、田上に直接会ってくわしい話を聞いた。場所は徳田の家だった。

田上は「徹夜の日は高垣さんと仕事をやったのをよく覚えてる」と、調書にない新しい事実を証言した。

田上の話を聞き終えると、森野弁護士はその場で内容をまとめた付添人供述録取書をつくった。田上の証言を彰のアリバイを立証する付添人側の証拠として、家裁に出すためだ。田上は「徹夜したのは一日しかない」と警察で供述しているから、高垣の調書と合わせると、二人はいっしょに徹夜した日に、それぞれ彰を現場事務所で見かけたり、彰とペンキ塗りの仕事をしたことになる。

この徹夜の日が事件当日であることが立証できれば、彰のアリバイは成立する。若手弁護士のコンビは意気ごんだ。

その糸口となったのが、西武デパートの作業届から捜査本部が作成した「(株)西武百貨店船橋店地下一階食品街及び船橋シャポー塗装工事の各作業員出勤状況一覧表」だった。

西武デパートの内装工事では、作業員は、まず元請けの大手建設会社の現場事務所で、作業届に名前を書いて、腕章をもらわなければ、入店できない仕組みになっていた。

一覧表を見ると、田上の名前が作業届にあるのは、十一月十五日と十六日となっていた。

「作業届の記載が信用できれば、田上の供述から、西武では十五日から十七日まで連続三日間仕事をしたことになる。三日目は徹夜明けで腕章はいりませんからね。彰を事務所で見たのが二日目の徹夜の日、つまり事件当日の十六日となって、これだけでアリバイは成立するんです」

ところが、意外なことに、三橋塗装店の作業員の調書を見ていくと、始業時の午前八時三十分に入店する場合は、現場監督の笠木保信が人数分だけ腕章をまとめてもらいにいかせ、名前も一括して適当に記入させていたことが明らかになった。

そうなると、作業届に名前があったからといって、田上がかならずしも出勤していたという客観的な裏づけにはならない。アリバイの立証はそこで行き詰まるかに思えた。

「ほんとうに幸運でしたよ。田上が初日に遅刻して出勤したことがわかったんです」

森野弁護士は、田上の遅刻が彰のアリバイ解明のカギになったというのだ。

田上の調書によると、西武デパートで仕事をした初日、出勤前に三橋塗装店の社長の奥さんに書類を届ける用事があったので、入店が午前十時二十分と、始業時より二時間遅れた。

西武デパートの内装工事は、作業員が遅刻した場合、現場事務所で余った腕章を借りるか、デパートの防災センターで、作業届に入店時間と名前を書き腕章をもらうしかなかった。

現場事務所で腕章を借りていたら、日にちをそれ以上絞りこむことは難しかったが、田上は森野弁護士の付添人供述録取書（六月一日付）で、「遅刻した初日は西武の警備員室で作業届に署名して腕章を受け取った」と証言していた。

つまり作業届に名前のある十五日と十六日のどちらかは、田上は自分で名前を書いて腕章をもらっていたことになる。

そこで、内装工事の作業時間を記した検察官作成の「(株) 西武百貨店船橋店地下一〜二F食品店街及び厨房の塗装工事の各作業日報一覧表」を見ると、作業予定時間欄から、十六日は「8時00分―8時00分」と徹夜作業だったことが記載されていた。

「田上は二日目から三日目にかけてが徹夜勤務ですから、田上の証言と作業日報の記載を突き合わせると、遅刻した初日は十五日しかないんです」

こうして、田上が西武デパートで働いたのは十五日から十七日までの連続三日間であることがはっきりとしたのだ。

あとは高垣が彰といっしょにペンキ塗りをしたという日に絞られた。

「彰のアリバイ立証のポイントはなんといっても高垣です。彰とやったシャポー外壁のペンキ塗りが十六日午後なら、犯行時間の午後二時から四時は、マンションに行くのは不可能になりますからね」

「(株) 西武百貨店地下一階食品街及び船橋シャポー塗装工事の各作業員出勤状況一覧表」から、作業届に高垣の名前があったのは、十一月七日、十二日、十四日、十六日の四日。

高垣の調書と作業届だけでは、彰と仕事をした問題の日が、十六日であると確定するのはまず無理だ。

だが、田上が付添人供述録取書（六月一日付）で「高垣といっしょに徹夜で仕事したのを覚えてる」と、重要な証言をしていた。

田上は、西武デパートで十五日から三日間働いていた。徹夜は二日目ということはすでにはっきりしていたので、高垣と徹夜したのは二日目の十六日ということになる。

「高垣が彰とシャポー外壁のペンキ塗りをしたのは、田上と徹夜した日ですから、事件のあった十六日の午後しかありえないわけです」と森野弁護士。

これで事件当日の彰のアリバイは完全に成立することが確認されたのである。

それればかりではなかった。三人の少年の供述調書では、彰のアパートの部屋に集まって犯行計画を決めたのが十五日の午後だ。

田上は遅刻した初日の十五日に「午後五時ごろ彰と仕事場からいっしょに電車で帰った」と供述している。彰が〝自白〟どおりの時間に犯行の相談に参加するのはとても不可能で、彰と武志と光次の三人がアパートに集まった、という筋書き自体が成り立たなくなる。

十五、十六両日の彰のアリバイが成立したことで、三人でいっしょに犯行を計画して実行に移した、という警察での少年たちの〝自白〟は、根底から覆されてしまったのだ。

警察が軽視した手帳

「ぼくたちが調書を緻密《ちみつ》に分析して、何かアリバイを裏づける決定的な新事実を見つけたという実感はないんです。田上も高垣も、警察で供述したことを〝このとおりか〟って確認して、少し証言内容を補充しただけですから」

森野弁護士と彰のアリバイを担当した須納瀬弁護士は、警察の捜査のありかたのほうが、はるかに問題だという。

田上にしても高垣にしても、アリバイ立証の糸口になった西武デパートの作業届の日付を警察の事情聴取では見せられていない。

「警察が三橋塗装店の作業員に作業届の日付を見せていれば、彰が事件の日、現場にいたことはその段階でわかったはずなんです。それを、田上なんかは〝日付を見せてくれ〟と頼んだのに〝だめだ〟と断られたそうですから、ひどいもんです。警察が本気で彰のアリバイをつぶす気なら、作業員から具体的な話を聞いて、それを作業届のような資料と照らしあわせて、犯行のあった時間帯に彰はどこにいたかをまず固めていくはずなんです」

そうした初歩的な作業を警察はなぜやらなかったのか。

須納瀬弁護士は、実際は捜査本部もアリバイの詰めは当然やったが、やればやるほど少年たちの〝自白〟との矛盾がはっきりしてきて、捜査にとっては都合が悪くなるので、あえて最後まできちっと詰めないままにした、とみている。

「だから、田上や高垣が〝彰を見た〟と言ってるのに、調書では、それがいつかを特定しないまま放ったらかしにしたとしか思えないんです」

須納瀬弁護士によると、捜査本部が捜査報告書で「信用性がない」と、証拠価値を否定した三橋塗装店の現場監督、笠木保信の手帳についても、同じことが言えた。

ポケットサイズの笠木の手帳には、出勤した作業員の名前が記載されていて、笠木が出勤簿代わりに使っていたものだ。

「笠木手帳」の記載では、彰は事件前後の十一月十三日から十六日までは、休まず出勤していた。「笠木手帳」が正確なら、彰のアリバイは手帳からも明らかだ。

ところが、捜査報告書は、笠木が「時々は二〜三日過ぎてから、思いだしたり、他の工員に聞き、記載することもありました」（四月二十九日付員面）と供述していることや、「また、この手帳には人工と言って数字を書いて作業員の水増しをしておりました」（同日付員面）との供述から、「笠木手帳」を「いいかげんな内容」と決めつけ、信用性を認めていなかった。

たしかに三橋塗装店では、作業員の数が予定の工賃の枠に満たない場合は、予算を消化するため人数を水増しして規定の工賃を請求していたのは事実だった。

ただ、実際に名前まで書いて作業員の水増しをしたのは、三橋塗装店の社長三橋忠義が元請け会社に工賃を請求する段階だ。

三橋社長は、笠木から電話でその日働いた作業員の名前を聞いて、月末にまとめて元請け会社に請求していた。

「そのときに、作業員の水増しをするんですが、三橋社長はちゃんと自分の手帳に、だれがいつ仕事をしたかわかるように印をつけてたんです」と須納瀬弁護士。

四月三十日付員面調書で三橋社長は「青印でマルしてるとこは昼間のみ働いたことを意味し、赤マルと青マルで印しているのは徹夜でやった者を意味する」と、その記載方法を供述していた。

つまり、三橋社長の手帳の記載で、名前のところに印がないのが水増しした作業員となる。こうしておけば、実働の作業員と水増し分の作業員の区別が一目瞭然《りょうぜん》だった。三橋塗装店の作業員の給料は、三橋社長の手帳をもとに日給月給制で支払われていた。

警察の捜査報告書が記しているように、その根拠となる現場監督の笠木手帳の記載がいいかげんなら、給与計算が混乱してしまい収拾がつかなくなってしまう。

「笠木がわざわざ三橋社長の給与計算をじゃましようとデタラメな記載をする理由はありませんから、〝笠木手帳〟が不正確ということはありえないんですよ。そんなことは捜査本部もわかっていたと思うんだけど、一方で少年たちの〝自白〟がどんどん進んでいくんで、アリバイには目をつむり、逆に笠木に〝手帳はいいかげんなんだ〟というニュアンスの供述を無理にさせて、つじつまを合わせようとしたんでしょうね」

実際、笠木は須納瀬弁護士の付添人供述録取書（六月一日付）で「警察の供述調書では〝手帳は、付け忘れて二～三日たってから付けることもあった〟と記載されてるようですが、そのようなことは一カ月に一回あるかないかで、めったにあることではありません。しかも、このときは、まちがわないように他の人に聞いたりして確認しています」と証言していた。

一日夜、彰のアリバイの分析作業を終えた須納瀬弁護士は弁護団会議で、他の弁護士たちも奮闘していることを知った。

「アリバイが成立したということで、ぼくと森野さんは興奮してたんですけど、二人とも大きな無罪をやったことがないでしょ。アリバイは立つけど、この程度で事件をひっくり返せるのか、ちょっと不安だった。それが、弁護団会議で〝武志のブローチが伊豆の国民宿舎で見つかった〟て聞いたんで、〝これでいけるな〟って自信持ったんです」

弁護団の要求を拒否した裁判官

六月五日、東京家裁で三人の少年に対する第一回の少年審判が開かれた。

この事件が登校拒否の少年たち三人を巻き添えにしたえん罪事件であり、武志の証言どおりブローチが見つかったこと、彰にはアリバイがあることなど弁護団の主張がマスコミで大きく報道され、社会的な関心が集まりはじめていた。

緊張のなかで武志と、光次、彰の三人は、それぞれ「ぼくたちやってない」と無罪を主張、審判廷で非行事実を争う意志をはっきりと示したのだが、弁護団は審判の進め方に強い不満を持っていた。

弁護団が、東京家裁で担当の裁判官とはじめて面会できたのは、審判の一週間前のことだ。この席で、三人の少年を同じ審判廷で審理するよう裁判官に強く求めた。というのも、この事件では三人の少年が共犯ということにされていた。一人の少年の証言は、他の少年の直接の証拠となって、これを付添人は審判廷で聞かないと防禦《ぼうぎょ》活動ができない。それが無理なら、せめて審判廷には三人の付添人がそろって立ち会う必要があると判断したからだ。

しかし、裁判官は、こうした弁護団の要求を拒否。証拠物の一部取り寄せと、当初は六月八日の予定だった審判に加え、中間審判を五日に開くことを認めただけだった。このため審判は個別審理と決まり、第一回の審判は、裁判官が三人の少年にそれぞれ時間をずらし三回も開くハメになった。

成人の刑事事件では、共犯関係の被告の裁判は、特別の事情がないかぎり併合審理が普通だ。逆に、非行事実を前提に少年の再生の道を審理することが多い家裁は、個別審理が主流で、この事件のように最初から非行事実を徹底的に争うケースには、かならずしもそぐわない面もある。審理が進むにつれ、審判手続きをめぐる裁判官と弁護団の齟齬《そご》は、決定的なものになっていく。

第二回の審判はその三日後の八日。この日、彰の審判には、アリバイのカギを握る塗装工が登場した。

彰がアルバイトをしていた三橋塗装店の塗装工、高垣友夫は、審判廷で裁判官から西武デパート船橋店の作業届の現物を見せられると、事件のあった十一月十六日の勤務について「九時に出勤しています。防災センターに自分で作業届を出して、入店者名、入店時間を書きこみました。ふつうなら作業届には、笠木さんがまとめて名前を書いてきて、腕章をもらってくるんですが、十六日は遅れていったので、自分で名前と入店時間は書きこみました」と証言した。

そして「十六日の朝のうちは、西武のなかをやって、午後からは西武側のシャポーの出入口の外壁をしました。その日、少年と私が外壁の仕事をやったとき、私はペンキ塗り、少年はシャポー出入口が西武デパート側になるために、通行人にペンキが付かないようにということで、通行人の交通整理と、私の乗っているローダを動かすことなどをしていました」と、犯行のあった十六日の午後は、彰といっしょだったとアリバイをはっきりと認めた。

高垣の審判廷での証言で、弁護団のなかには、警察が描いた事件の構図は崩れたと、ほっとしたムードが漂った。

異例の観護措置取り消し

「九日午前十時から審判を開きたいので都合をつけてほしい」

弁護団に東京家裁から突然連絡が入ったのは八日の午後六時すぎ。その一時間前に終わった審判について、司法記者会の会見室で記者を前に説明をしているときだった。

「審判廷ではそんな話は一言もなかったぞ。一方的にあす審判だから出てこいというのは横暴じゃないか」

「こっちにも予定があるんだ。もし全員に連絡がつかなかったときはどうするんだ」

弁護団のメンバーからは、いきなりの審判期日の変更に不満の声が洩れた。

「裁判官に面会して理由を問いただそうじゃないか」ということになり、記者会見をすませると、その足で家裁に押しかけた。司法記者会のある東京地裁から、別の建物にある家裁まで五分とからない距離だった。

担当の書記官に「裁判官に会いたい」と面会を申し入れたが、「もう帰りました」という返事。ところが、まさか弁護団がそこにいるとは思っていなかったのだろう、帰ったはずの裁判官が、うっかり書記官室に顔を見せてしまった。

「いるじゃないか。裁判官出てきなさい」

あわてて裁判官室に逃げこんだ裁判官に、吉峯弁護士が大声で怒鳴った。

だまされたことに怒った弁護団が「面会させろ」と詰めよったが、裁判官は部屋に隠れたきり出てこない。書記官も「あすまで待ってください」とくり返すばかりで、最後は面会をあきらめるしかなかった。

その夜のことだった。いつものように吉峯弁護士の事務所で弁護団会議を開いていたところに、ある新聞社の記者から電話が入った。

「あす家裁が鑑別所に収監している少年たちの観護措置を取り消すらしい」という情報があるというのだ。「たしかな筋の情報だ」と、情報源まで明かしたその記者は自信たっぷりだった。

家裁が観護措置を取り消せば、少年たちは鑑別所から釈放されることになる。殺人事件で犯人とされた容疑者が釈放されるのは異例のことだ。弁護団がもっとも危惧《きぐ》していた検察官送致の可能性も、かなり薄くなる。だが、弁護団はまだ「そんなこともあるのかな」と、この情報には半信半疑だった。

翌朝、弁護団が東京家裁に着くと、観護措置取り消しの情報を聞きつけた報道陣が待ちかまえていた。

午前十時、開廷。

「少年の鑑別所送致を取り消す」

「少年を調査官による在宅観護に付する」

裁判官が三人の少年に決定を伝えた。情報どおりの結論だった。

「おたがいに連絡をとってはいけない」という条件つきながら、観護措置が取り消されたことで、武志、光次、彰の三人は実に逮捕から四十六日ぶりに釈放されたのだ。

「弁護士の先生から〝釈放だ〟って言われたけど〝ほんとかな〟って感じだった」と武志。

武志にしてみれば刑事にも、検察官や裁判官の前でも「ぼく、やってない」と真実を訴えたのに、そのたびにおとなたちに裏切られ、取り調べの恐怖から逃れようと自殺まで図ったのだ。わけのわからない法律用語が飛びかった直後の審判廷で、いきなり「釈放だ」と言われても、にわかに信じることができなかった。

「もう、家に帰れるんだぞ」

弁護士たちとともに東京家裁の一階通用門を出ると、日比谷公園の木々の緑がまぶしかった。季節は春から新緑の初夏を迎えようとしていた。

久しぶりの外の新鮮な空気に触れたとたんだ。武志は、それまでの緊張から解放されたうれしさからだろう。「ワー」と大声で、しゃくりあげるように泣いた。あとからあとから大粒の涙があふれ落ちてきた。光次も前を歩いていた。その背中が涙でかすみ、大きくゆがんだ。

はじまった捜査本部の反撃

三人の観護措置取り消しを勝ち取って、順風満帆にみえた弁護団だったが、予想外の事態が待ち受けていた。それから二日後の十日早朝のことだ。

玄関のドアをドンドンたたく音がするので、高垣が起きて出ていくと、二人の刑事が立っていた。

「実は、こういう者だ」

警察手帳を示しながら刑事は「彰の事件で事情を聞きたいからいっしょに来てくれ」と警視庁に同行を求めた。

「六時半ごろだったかな。家族はまだ寝ていたんだよ。なんで刑事がこんな朝早い時間にくるんだろうとびっくりしてね。いいも悪いもねぇ。行かなかきゃなんねぇってことで。〝これまでと同じこと言えばいいいんだろう〟っていう軽い気持ちで、出かけたわけよ」

警視庁には午前九時前に着いた。一階の職員食堂で朝食をとると、参考人取調室に入った。

実は、彰が逮捕されたあとにアリバイのことで高垣のところには刑事が二回、話を聞きにきていた。参考人聴取では「前の調書でこう言ってるんだけど、どうなんだ」と、そのときの調書の内容をなぞるように、取り調べの刑事は高垣に事実関係を質問した。

「まだ十一月十六日と確定できないだろう」

「調書では、十六日に彰といっしょにいたとは言えないって言ってたけど、そうなんだろう」

質問のポイントは、やはり十六日の彰といっしょにやった船橋シャポー外壁のペンキ塗りの仕事だった。

「まだそのころは〝いや、こういうわけだ〟って話すと〝あっそうか〟って感じで、すんなり調べは進んでいったんです。怒鳴られることもなくて、いやな感じはなかったですね」

事情聴取は、午後八時に終わった。

「もうちょっとげせないところがあるから、今晩もう一晩考えてくれよ」

そう言われて高垣は取調室を出た。

すでに家裁で証言を終えた証人をふたたび、捜査本部が事情聴取するとは、弁護団は予想もしていなかった。

恐怖の言葉の暴力

二日目の十一日は午前八時ごろ、刑事が迎えにやってきた。取り調べは、前の日と同じで調書の内容にそった質問を、刑事はくり返した。

そんな取調室の雰囲気が一変したのは、夕食後の午後七時、岩見盛男刑事が入ってきてからだ。

「入ってくるなり〝てめえ、この野郎〟って口調で、それまでの刑事の柔らかい調子と全然ちがったんだ。〝おまえみたいな半端な人間に、外装なんかやれるわけがない〟って、一方的にまくしたてるわけよ」

高垣がシャポーでやった塗装作業は、「Ｓｈａｐｏ」とビル名の看板がかかった正面入り口上の外壁で、いちばん人目につきやすいところだった。

「駅ビルの表看板になるとこでしょ。〝なんで、おまえみたいな人間にやらせることあるんだ〟〝てめえにやらせるわけねえし、できるわけねえ〟って、とにかく刑事からはののしられる。それで〝現場監督の笠木も、やらせてないと言ってるぞ〟と、笠木の上申書を見せるわけよ」

上申書には「外壁の塗装は、高垣ではなく、ほかの人間にやらせた」と書いてあった。

それでも、高垣は「そんなこと言っても、やったんだからしょうがないでしょ」「いままで言ったとおりでまちがいない」と主張を曲げなかった。

正面に座った岩見刑事は、感情をむきだしにして「うそつくんじゃない。あす、その場所に連れてって同じことさせるぞ」と怒鳴ると、上申書や西武デパートの作業届を机にたたきつけた。

岩見刑事のすさまじい剣幕に、高垣はどうしたらいいのか混乱して、言葉に詰まってしまった。困ったあげくに「何をどう言えばいいんですか」と単刀直入に尋ねてみたが、「自分のありのままを言えばいいんだ」と岩見刑事に怒られた。

「にっちもさっちもいかなくなって〝自分じゃ、何を言ったらいいかわからねぇ〟って言ったら、岩見刑事がいろんなもの見せてくれたんだね」

その一つがシャポーの作業届だった。

事件のあった十六日、高垣は午前中に西武デパートの内装工事をしたあと、隣のシャポーで午後、彰と外壁の塗装をした。ところが、シャポーはその日は休館日で、たまたまビル内でも内装工事をやっていたのだ。

岩見刑事はシャポーの作業届に「14時30分高垣」と高垣の名前があることを理由に、「おまえのやったのは中じゃなかったか」としつこく聞いてきた。

「〝ちゃんと、シャポーの作業届に書いてあるんだから、こっちをやったんだ〟というわけよ。そのとき〝あっそうか。そう言えば納得してくれるのか〟って、やっと向こうの意図がわかったんだ」

高垣がシャポーの内装をやっていたと供述を変えれば、彰といっしょに外壁のペンキ塗りをしていたという証言はうそになり、彰のアリバイは崩れてしまうのだ。

岩見刑事から「このまま供述を変えないと偽証罪になるぞ」と脅されたこともあって、高垣は「シャポーの内装をやってました」とそれまでの主張をひるがえしてしまう。

「警視庁の参考人取調室は、廊下から入って三つも扉があるでしょ。もう逃げられないな、という気持ちと、密室のなかで一方的に刑事にののしられ、脅しあげられると、ここから逃げられるなら、どんなうそを言ってもいい、という気持ちになっちゃうんだね。オレも三十年生きてきて、言葉の暴力があんなに怖いものだとは思わなかったよ。オレみたいな大人がそうなるんだから、彰のような子どもたちが刑事の手にかかったら簡単に自白しちゃうなと実感したね」

小柄だが体格はしっかりしている高垣は、取り調べで体験した恐怖をこう表現した。

高垣がシャポーの内装をやったことをしぶしぶ認めると、すぐに調書を取りはじめた。岩見刑事も安心したのか「わかればいいんだよ」と機嫌がよかった。

だが、高垣はシャポーの内装はやってないので、仕事の内容を説明しようにも、かいもく見当がつかない。

そんなとき、前日の午後に警視庁からわざわざ船橋のシャポーまで連れていかれたことを思い出した。

「なんでそんなことやるんだろう」と不思議だったが、いまになって、そのことの意味が高垣にもはっきりと理解できた。

「内装やってた場所見せられて〝ここんとこをやってるんだ〟と、作業の様子を説明してくれるわけだ。内装は仕上がりが悪くてやりなおしたらしいんだけど、次の日、笠木が手直しした、というようなことも言ってた。そんときは〝表やってたんだ〟って話してたけど、調書は、そのことを思いだしながら答えていけばいいわけよ」

調書ができあがると、そのまま東京地検に連れていかれた。日曜日の午前零時をすぎていたのに、担当の検事が出てきた。

検事は警察の供述調書に目をはしらせながら、高垣が供述した内容を手際よく確認していく。高垣が「はい、そうです」と答えると、それを検察事務官がまとめ、一時間もたたないうちに検面調書ができ上がった。

最後に検事が調書を読みあげると「これでまちがいないな、署名しろ」と、高垣の前に調書を置いた。高垣は、しばらく黙ったまま動かなかった。ピーンと張りつめた空気が、検察官室に流れた。

「やっぱりちがいますよ」

高垣は短いがはっきりとした言葉で言った。

「なにがちがうんだ。内容がちがうのか」

「内容もなにも、いままで自分が言ってきたことがほんとうで、調書は、まったくデタラメだ」

高垣は意を決したように、検事に事実を話した。

「もし私が署名したら、彰の有罪が確定してしまうし、自分も偽証になっちゃう。それじゃまずい。あとは頑張ればなんとかなるんじゃないかと自分に言い聞かせたんだ」

だが、署名を拒否されたことに怒った検事は「いいかげんにしろ。オレはおまえみたいに暇人じゃないんだ。忙しいんだ。おまえみたいなのには、もうつき合っていられない」と捨てゼリフを残して部屋から出ていってしまった。

あわてたのが、高垣のうしろでこのやりとりを見ていた刑事だ。

「刑事に〝これじゃきょうは帰せない〟って怒鳴られて、とにかく綾瀬へ行こうということになって、綾瀬のどこだか知らないけど、夜中に車で連れていかれたんだ」

代理人団の結成

楽観ムードの弁護団は、高垣がふたたび警察に呼びだされて、彰のアリバイ崩しの調書をとられているとは夢にも思わなかった。警察の猛烈な巻き返しに気づくのは、高垣が警視庁に呼ばれた二日目の十日の夜だった。

その夜は弁護団会議が早めに終わり、須納瀬弁護士が家に帰り着くと、追いかけるように吉峯弁護士から電話が入った。

「田上が警察で取り調べられたそうだ。記憶とちがうことを無理に言えと言われて、これ以上、警察に行きたくないと言っている。高垣は家裁で証言が終わっているから、まさか調べをもう一回やったりしないだろうが、念のため高垣と笠木についても連絡とってみてくれ」

高垣に何度電話をしても出てこなかった。

当の高垣は、電話がかかってきたのは知っていたが、警視庁で「弁護士と話をしちゃいかん」と言われていたので、受話器を取らなかったのだという。

須納瀬弁護士が笠木に連絡がとれたのは、午前零時近くだった。田上と同じく綾瀬署に呼ばれて午後七時ごろまで話を聞かれていた。そして「高垣がやっていたのはシャポーの内装で、外壁は別の作業員がやっていた」という上申書を書かされたこともわかった。

笠木は、あとの六月二十一日の第四回審判で「その日は丸井デパートの内装の仕事に行くことになっていましたから〝どうしても仕事に行きたい〟と言ったら〝上申書を書け〟と言われ、〝別の作業員がシャポーの仕事をやった〟と無理してうそを書きました。書かないと、帰してくれない雰囲気でした」と、上申書を書いたときの様子を証言している。

アリバイ証人に対する捜査本部の補充捜査がはじまったということで、弁護団は、その対抗上、証人のための代理人団を新たに結成した。

「あすもまた綾瀬署に呼ばれている」という笠木と田上には、代理人として「子どもの人権弁護団」の会員である黒岩哲彦弁護士と石井小夜子弁護士に電話で依頼、了解をとりつけた。黒岩弁護士は、田上が「また警察から呼びだしの電話がかかってくるかもしれない。怖いから泊まってほしい」と頼まれ、田上の家にわざわざ泊まっている。

「こんな無法なことがあっていいのか。一回調べた証人をふたたび事情聴取するのは、けしからんってね。弁護団は一挙に緊張しましたね。代理人団として十八人の弁護士に協力要請して待機してもらうことにしたんです」と吉峯弁護士。

人身保護請求をやろう

「主人がきのうから取り調べられてるんです。けさも刑事さんといっしょに家を出たきり、どこへ行ったのかもわからない」

須納瀬弁護士が高垣の妻とやっと電話で話ができたのは、翌十一日、日曜日の午前八時ごろだ。

朝から彰のアリバイ証人が次々と警察に呼びだされていることがわかり、弁護団は、緊急事態が発生したとの認識から、弁護団だけでなく代理人団でも集まれる人間は全員、集合するよう要請した。

「私のほうでなんとか対応しますから」

そう言って電話を切ると、須納瀬弁護士も集合場所の地下鉄千代田線北綾瀬駅に向かった。日曜の朝にもかかわらず、弁護団は、ほぼ全員が集合した。

綾瀬署で応対に出てきたのは松並清春刑事課長だった。署長室の手前にある副署長席のソファーに木下弁護士と須納瀬弁護士、それに森野弁護士が座った。

「高垣はどこにいるんだ」

木下弁護士が聞くと「わからない」と松並刑事課長。若穂井弁護士は、野球の監督が抗議するように両手をうしろに組んで「高垣を出せ」と詰め寄った。

「〝いっしょにいる刑事に無線で連絡取ってくれ〟と頼んだら、こんどは〝無線はない。ポケベルで呼んでるが連絡がない〟と言うでしょ。こっちは、綾瀬署に隠してると思ってましたから〝そんなばかにした対応があるか。署長を出せ〟〝どこで調べてるんだ。教えろ〟と刑事課長とドンパチやったわけですよ」と須納瀬弁護士。

しばらく高垣の取り調べ場所をめぐって押し問答がつづいたあと、笠木と田上本人、それに代理人の黒岩、石井両弁護士にも綾瀬署に来てもらい「警察の出頭命令には応じられない」と、取り調べを断った。笠木は上申書の撤回も申し入れた。そのとたん、署員が弁護士を取り囲むようになだれ込んできた。

「刑事課長は〝捜査の邪魔するのか、笠木、田上こっちへこい。捜査妨害だ〟と田上の手を取って、写真はパチパチと撮られるし、すごかったですよ」

ここにいてもラチがあかないと、みんなで綾瀬署を引きあげたのは正午をすぎていた。

夜になっても、肝心の高垣の居場所だけは依然として手掛かりがつかめず、弁護団はぐったりしていた。代理人団の一員になった医療訴訟ではベテランの鈴木利廣弁護士が「おい、おい、映画みたいなことやってるじゃないか」と冷やかしながら現れたが、だれも笑う者はいなかった。

午前一時前。弁護団に高垣の妻から電話が入った。

「綾瀬署からの電話で、いま主人は綾瀬署にいるそうです。偽証の問題が出てきたから、きょうは帰れるかどうかわからない、という連絡がありました」

刑事といっしょに東京地検を出た高垣は、綾瀬署にいたのだ。

突然、鈴木弁護士が立ちあがった。

「いまから綾瀬署に行けば、ひょっとして高垣を取り戻せるんじゃないか」

事務所にいた弁護士のうち六人が、鈴木弁護士の運転するワゴン車で綾瀬署に向かった。

綾瀬署の手前の交差点で車を止めて待機の姿勢に入った。しばらくして高垣らしい男が正面玄関から姿を見せた。両脇を刑事にはさまれたまま、玄関前の駐車場の車に乗り込むと、車は前を通る環状七号線を右方向に綾瀬川方面に発進した。

「あれだ」

急いであとをつけようとしたが、あいにく、弁護団のワゴン車は、綾瀬署を背にする格好で止まっていた。高垣を乗せた車を追いかけるには、いったん、反対車線に出てUターンしなければならない。そのわずかな時間が、致命的だった。ワゴン車のうしろを猛スピードで走り去った車は、夜の闇に消えてしまった。

高垣の救出に失敗した弁護団が銀座の吉峯事務所に戻ったのは明け方近くだった。次善策を練った。高垣を取り戻すにはどんな手が打てるのか。

「法務局や弁護士会に人権救済の申し立てをしよう」「監禁罪で告訴するのはどう」

弁当の容器が散らばる会議室で、未明の論議がつづいた。

そんななかで「人身保護請求をやろうじゃないか」と提案したのは、彰の主任付添人、若穂井弁護士だった。

「実は前日の午後、綾瀬署から引きあげてきたときに、高垣の拘束場所はわからないし、どうしようということになった。そのときに一度、警察に高垣が違法に拘束されているのはまちがいないんだから、人身保護請求をやったらどうだと話をしたんですよ」

人身保護請求は、国家権力によって不当に身柄を拘束されている場合、救済を求めることができる制度だが、使われたことはあまりなく、子どもの親権をめぐる家事裁判などに転用されているのが実態だった。

「帝銀事件の最後のほうで、弁護士が〝死刑執行のために平沢を拘置所に拘束しておくのはおかしいいんじゃないか〟って、死刑囚だった平沢貞通の人身保護請求を出したのを思いだした。認められはしなかったんだけど、そのことが鮮烈な印象に残ってましてね。錆びた刀だが使えるんじゃないかと思って、弁護団に提案してみたんです」と若穂井弁護士。

当初、弁護団のなかには「あまり例もないし、そこまでやるのは時期尚早じゃないか」という雰囲気が強かった。それに警察を相手に人身保護請求などというのは前代未聞だ。しかし高垣の救出失敗もあり「やれることはなんでもやってみよう」というムードで一致していた。

睡眠不足の頭を回転させて若手の弁護士たちが、東京地裁民事部へ人身保護法にもとづく救済申し立て、東京法務局人権擁護部に対する人権救済申し立て……と、次々にワープロで申立書の作成をはじめた。

検察との対決にあこがれて

若穂井弁護士と少年事件の出会いは、一九八一年六月に起きた「みどりちゃん事件」だった。みどりちゃん事件は、千葉県柏市内の小学校の校庭で、小学校六年の少女が刺殺体で発見され、当時中学三年の少年が逮捕された。少年は千葉家庭裁判所松戸支部の審判では、犯行を認めたが、入所した少年院で、面会に来た母親に無実を訴えたのだ。

少年の訴えは四年後に最高裁で、棄却されてしまうのだが、この事件は少年の権利保護の向上に大きな足跡を残すことになった。

「少年事件は、家裁でいったん処分が確定してしまうと、〝無実だ〟と処分の取り消しを求めても、家裁が〝必要がない〟と判断してしまえば、それ以上不服を申し立てできないというのが通説だった。それをこの事件で、最高裁が少年でも成人と同じように再審の道をはじめて認めたんです」

成人の刑事事件は、刑が確定したあとも無実を訴え裁判のやり直しを求める再審請求は、地裁で棄却されても、最高裁までの三審制度が保障されている。

それなのに、少年事件では、無実を訴えて再審を求めても、一審の家裁で結論が出てしまえばそれで終わり。つまり、大人に認められている三審制度が、少年の場合は実質的に一審で救済の道が閉ざされていたのだ。

「明文規定がないからと、少年にだけ再審による救済の道がないのはおかしい。なんとか実質一審の壁を破ろう」

そう考えた若穂井弁護士は、東京高裁に抗告したが、案の上、事実審理もないまま門前払い。最後の望みを最高裁にかけた。

少年の無実の訴えは最終的に認められなかったものの、それまでの通説を打ち破り、少年にも再審の三審制度を保障する最高裁決定を引きだしたのだった。

若穂井弁護士が「みどりちゃん事件」を担当したのは、千葉県松戸市に弁護士事務所を開いて五年目。それまで東京の銀座にある弁護士事務所で働いていたが、弁護士を開業したときから、独立して事務所を持つ計画だった。

「自分のなかに、ものすごく刑事事件をやりたいという気持ちが強くあって、刑事事件やるには最初は国選弁護をやるしかありませんからね。事務所の候補地として、川崎と松戸を考えたんです」

国選弁護人は、刑事事件の被告人が経済的な理由で弁護士の費用を払えない場合、国が代わって費用を負担する制度。当時、川崎や松戸といった東京近郊の人口急増地は、国選事件の数の割りに弁護士がいなかった。

「オレは銀座の一流事務所で弁護士してたのに松戸に行くことはないじゃないか、という気持ちもあったけど、事務所を持ってみると、殺人事件なんかもよくやったし、とにかくなんでもいいから無罪を狙ってやろうと、自分では楽しかったですよね」

若穂井弁護士が、まだ中学二年だったころ。夏休みに関西旅行に出かけたことがある。父親の弟が関西大学の学生で「遊びにこないか」と誘われたのだ。

「大学を案内してもらって、それから裁判所に行ったんですよ。叔父は就職が決まってたんですけど〝オレは弁護士になりたかったんだ、おまえにその気があるなら、なってみろよ〟って、そのとき言われましてね。その記憶が、すごく胸にあって〝よしオレも弁護士というものになってみよう〟という気持ちになったんです」

中央大学に入学すると、学園紛争のまっただなか。授業がほとんどないのをいいことに、混声合唱団に打ちこんだ。ところが、二年のとき、仏具の飾り職人だった父親が歯科治療の麻酔ミスが原因で半身が不自由になり、働けなくなった。

「学資は親戚の人から送ってもらって、なんとか学校やめなくてよかったんですが、弟二人は、ぼくが大学行ったことで高校で終わってましたし、どうしても司法試験に合格しなきゃならないと、もう背水の陣で勉強に没頭しましたよ」

中央大学には司法試験のための研究室があって、それぞれ校舎に専用の部屋を持っていた。

「そこは司法試験を受けるやつしかいないんですけど、何十年もやってるという主みたいなのがいるんです。そういうのはくわしいくわしい。その人は受からないんですけど、若いやつはそこから吸収すれば受かるんです。ノウハウを学ぶには最高のところでした。そうしたノウハウがいま整理されて予備校になってるんでしょうね」

司法試験には大学を卒業した年の一九七〇年に合格、若穂井弁護士は司法研修所に入る。当時は、最高裁の青年法律家協会会員の任官や再任拒否が相次ぎ、「司法の反動化」が叫ばれていた時代だ。

「修習生時代、ぼくは青法協の副議長を、ずっとやりましたけど、研修所に入ったときは、ものすごく自主規制が強くて、みんな恐る恐るものを言うという状況でしたね。ビラ張りとかビラ配りなんか見つかれば、首切られるんじゃないかとビクビクしてました。そのうちに、そう簡単に首は切れないだろうということになって、青法協の活動とか、それ以外の人たちとの学習会とか活発にやりましたよ」

高度経済成長時代で労働争議も多く、その現場に飛びこんだり、結核の入院患者の生活相談を開いたり、少しでも日の当たらない人たちのために役立とうと現場を歩きまわった。

「それに、あのころは学生時代の延長みたいなもので権力による弾圧という発想があったから、検察と渡りあって無罪を勝ち取ることにあこがれた。それが、刑事事件をきちっとやりたいということにつながっていったと思うんですよ」

警察を敵に回すのか

人身保護請求の申立書を栄枝弁護士が徹夜で書きあげると、夜はもう明けていた。

「午前中に人身保護請求を東京地裁に申し立てできたのは、ワープロのおかげです。若い弁護士は自在にワープロ打てますから、プリントすれば、そのまま持っていける。私のように、原稿を書いて事務員にタイプしてもらって、とやってたら、切迫した事態には間に合わなかった」と、若穂井弁護士は苦笑いする。

彰の付添人である若穂井、須納瀬、そして森野の弁護士三人が、東京地裁の審問室に呼ばれたのはその日の午後二時である。

請求を審理するため裁判所が、請求人と不当に身柄を拘束していると訴えられた警視庁の両者から事情を聞く準備調査のためだった。裁判所には弁護団がそろって出かけたのだが、入室を許されたのは三人だけだった。

審問室には高垣を直接調べていた岩見刑事と中杉達夫刑事がすでに来ていた。

「裁判所が事情を聞くわけですが、警視庁としては〝高垣は参考人で、任意で取り調べている〟としか言えない。逮捕状もないわけですからね」

弁護団が追跡途中で巻かれた十一日の夜、高垣を帰宅させなかったことについては「調べが遅くなったので、本人がホテルに泊まりたいと言った。綾瀬のビジネスホテルを紹介したが、帰りたければいつでも帰れた。拘束はしてない」と弁明した。

「任意で調べてるなら」と、裁判官は「調べが終わったら高垣を連れてくるよう」に命じた。岩見刑事もダメとは言えなかった。

そこで問題になったのが高垣の出頭時間だ。「何時に取り調べは終わるんだ」という裁判官の質問に、岩見刑事の答えは「七時か八時までに終わる」だった。

「午後八時に当裁判所に連れてきなさい。そこで判断します」

裁判官がそう命じると、すぐに若穂井弁護士は「八時じゃ遅すぎる。もっと早くしてもらいたい」と強い口調で迫った。

「警視庁が任意と言っても、取り調べに入ったら向こうのものですからね。とくに高垣は偽証罪でやられてるという不安がこっちにあったから、一分でも早く解放してもらいたいわけですよ。そこは警視庁との綱の引っ張りあいで、もうおたがいにピリピリして、にらみあいですよ」

結局、若穂井弁護士の気迫に圧倒されたのか、裁判官は合議で「五時十五分に来てください。その時間まで捜査してけっこうです」と出頭の時刻を三時間近くも繰りあげた。

東京地裁を出て、須納瀬弁護士が自分の事務所に戻ると、中杉刑事から電話が入った。午後三時二十分だった。

人身保護請求では、拘束されている本人が代理人に弁護士をつけなければならない。高垣に代理人選任の意思を確認する必要があったので、須納瀬弁護士は、裁判所の準備調査の段階で、電話で高垣と話をさせることを要求していたのだ。

須納瀬弁護士が電話に出ると高垣の声が聞こえた。だが、高垣は電話に出ると開口いちばん「弁護士はいりませんから」と、いきなり代理人の選任を断ってきた。

高垣はこの日も朝の九時から、警視庁の参考人取調室にいた。

「綾瀬のビジネスホテルに刑事が迎えにきて、また取り調べがはじまったんです」

検事の前で「警察で言ったことはデタラメだ」と、高垣に供述調書を全面否認されて面子をつぶされた刑事は、「事件当日は船橋シャポーの内装をやっていた」という証言を、もう一度引き出そうとしていた。

中杉刑事が須納瀬弁護士に電話をかけたとき、調書は高垣が署名をすればいいだけにできあがっていたのだ。

「これでもう検察に連れていけば、こんどこそまちがいないだろうと刑事は安心したんだね。そして、これ以上、弁護士を動かさないように、私に弁護士に話をさせようとしたんだな。〝おい、弁護士と電話で話するか〟って聞かれたんで〝話させてください〟って頼んだんだ」と高垣は述懐する。

ところが高垣が電話を代わったのはいいが、刑事から「弁護士と話しても、言うとおりにはならないぞ」とすごまれて、受話器を握ったまま何も言えなくなってしまった。

受話器を握ったまま黙りつづけている高垣に、須納瀬弁護士は、刑事が周りで聞いている。それで高垣は何も言えないいんだろう、と直感した。

「私の言うことを黙って聞いていればいい。人身保護請求を出したんで五時十五分には裁判所に連れていくことになってる。あと二時間だから頑張れ。いまから私か鈴木弁護士のどちらかが面会に行くから、刑事に〝弁護士にとにかく会いたい〟と言いなさい。わかったら〝はい〟とだけ答えろ」

須納瀬弁護士は機転をきかせて言った。

「はい」

高垣の返事が聞こえると、須納瀬弁護士は事務所を飛びだし、警視庁に向かった。

「須納瀬さんの話を聞いて急に勇気が出てきた感じだった。弁護士がついているし、保護請求も出たというんで、もう少し頑張ればなんとかなるという気持ちになったね。あの電話がなければ、検事のところに連れていかれて終わりだった。検事の前で、また〝ちがう〟と言う自信はもうなかったからね」

受話器を置くと、高垣は署名するだけになっていた調書を「こんなものちがいますよ」と、署名を突っぱねた。

事態の急変を知った岩見刑事が取調室に駆けこんできた。

「おまえ、警察を敵に回して張りあうのか」と怒鳴った。

「もうすぐ弁護士が来るんだからという頭がありましたからね。〝受けて立ちますよ〟って言ってやったんだ」

高垣が開きなおると、岩見刑事は「あー、そうか」と言ったきり、あきらめたように部屋を出ていった。

しばらくして「弁護士が来てるから」と別室に連れていかれた。そこには、高垣の代理人の鈴木弁護士が待っていた。

「警視庁の一階の受付で、高垣との面会を求めたら、中杉刑事が降りてきましてね。〝高垣を連れて帰らないという約束をしてくれるのなら会わせる〟と言うんです。面会時間もたしか、五分か十分ぐらいと短かったですね。〝そんなのおかしい〟と、そこで、ちょっとやりあったんですけど、まずは面会するのが目的だからということで、向こうの条件を飲んだわけですよ」

鈴木弁護士は小さなテーブルをはさんで高垣と向かいあった。部屋には中杉刑事と、もう一人が立っていた。

「高垣は、表でどんなことが起きているのかわからないわけですから、人身保護請求のことも含め、表の事情を説明した。面会時間が短いから、彼の状況をくわしく聞くよりも、こっちの事情を説明して、励ますことが大事だと判断したわけです」

説明を終えた鈴木弁護士は「きみは私といっしょに帰りたいか」と高垣の意思を確かめてみた。

「帰りたいです」

高垣が答えると、すぐに中杉刑事が「先生、入ってくるときに取り戻さないと約束したじゃないですか」と言って鈴木弁護士の顔を見た。

「高垣の取り調べが任意だということは警視庁も認めているんだから、本人が帰りたいと言えばいっしょに連れて帰るのは法的にも問題ないし、そっちは止める権利はないはずだ」

鈴木弁護士は、こう刑事に主張した。

「いや、約束がちがう」

「どうして連れて帰れないのか」

そんな押し問答がつづいたあと「先生、いいかげんにしてくださいよ」と刑事が言うなり、一方的に面会を打ちきってしまった。

一言もしゃべらずに腰かけていた高垣が、中杉刑事に背中をポンとたたかれて、立ちあがった。

「そのときなんです。鈴木先生が〝だいじょうぶだ。かならず取り返してやるから頑張れよ〟って肩をしっかり抱いてくれたんだね。うれしかったね。ほっとして〝これで助かったんだ〟と思うと、ほんとうに涙が出てきたですよ」

高垣が鈴木弁護士と面会していたとき、警視庁の一階で待機していた弁護団に、思いがけない事態が起きていた。

須納瀬弁護士が、全体の状況を把握するため吉峯事務所で情報収拾役を務めていた羽倉弁護士に連絡をとると「高垣が偽証を認めたというテロップが、いまテレビで流れました」と、羽倉弁護士は、高ぶった声を出した。

「あの高垣でも耐えられなかったか。いよいよ警察の反撃がはじまったなと。とても緊張したのを覚えてます」と須納瀬弁護士。

高垣が、彰のアリバイを撤回したことになれば、こんどは偽証罪に問われる。そうすると、高垣は弁護団の意を受けてアリバイを証言したという理由で、弁護士にも偽証教唆《きょうさ》で逮捕状がでる可能性があるのではないか。弁護団は「場合によっては弁護団と警察の全面対決になるかもしれない」と、最悪の事態も予想して緊張した。

若手の弁護士が手分けして逮捕状が出ているかを確認するため東京地裁の令状部へ走った。

「五時ごろでしたね。出てないのがわかってホッとして、約束の時間が近づいてましたから東京地裁に行ったんです」

午後五時十五分、東京地裁民事部の審問室に入ると、高垣が、岩見刑事、中杉刑事といっしょに出頭してきた。

裁判官は、高垣だけを前に出るように命じると「きみ、帰りたいですか」と一言尋ねた。

「いま、すぐ帰りたいです」

睡眠不足と疲労で目を真っ赤にした高垣は答えた。

「それから裁判官が、岩見刑事のほうに〝もう帰していいんですか〟と念を押したら〝調べは、もう終わったんで代理人と帰ってもらってけっこうです〟って。それだけの会話で、あっけなく終わちゃったんだ。でも、ものすごい解放感があった。これで自由だと思うと、涙が出て止まらなかったですよ」

こうして彰のアリバイは守られたのだ。

第7章　問われる人権意識

十一歳の弟を証人尋問

東京・日比谷公園の目と鼻の先にある東京家庭裁判所。その二階に少年事件を扱う審判廷が八つ並んでいる。

審判廷の両側に通路がある。一つは家族や付添人が入る一般通路。もう一つは地下の駐車場に直結する〝秘密の通路〟だ。

少年鑑別所から車で移送されてきた少年が、だれの目にもさらされず、審判廷に入ることができる仕組みになっている。

一般の裁判所の法廷とちがい、審判廷は少年法にもとづいて、少年と家族の秘密やプライバシーを守るために非公開で、傍聴も家族などごく一部の人に限られている。

また、審判廷は非行事実を裁き、糾弾《きゅうだん》する場ではなく、裁判官が少年やその協力者たちといっしょに、どうしたら非行を克服できるかを考え、勇気づけ、納得のいく処遇を決める場でもある。

だから、裁判官が座る席も、少年の目の位置と同じ高さ。権威的な黒の法衣をまとわず、背広姿で審理を進める。裁判官によっては、最初からにこにこ笑って親しく話しかけ、少年の緊張を解きほぐす努力をする人もいる。

これは戦後まもなく改正された少年法の精神にもとづいているからだ。

大正十年に制定された戦前の少年法では、「少年を育成して善良なる国民たらしむる」と、少年の側からではなく、少年を国の方針にあてはめるという国家主義的な考え方が根底に流れていた。

ところが戦後の新しい少年法は、児童福祉法、教育基本法の精神にならって、少年の成長、発達を国家が支援するという少年の側に立った考え方に改められた。

その少年法の精神を具体的に生かす役割を担っているのが家裁である。

「ところが残念なことに最近の家裁の裁判官は、こうした少年法の理念を理解せず、最初からおとなの裁判と同じように、制裁的な目で審判に臨む裁判官が多くなってきた。今回の裁判官もその典型で、最初から警察の供述調書をうのみにして、少年が犯人だと決めてかかっているんです」と、吉峯弁護士。

今回の事件をとおして弁護団が感じた家裁の裁判官に対する不信感は、少年法の改正問題や行政改革による合理化、効率化の波と無関係ではない。

というのは少年法改正が進まないため、最高裁が法制審議会の少年法改正の答申をなし崩し的に実施するため、事務総局に「少年事件処理要領モデル試案」を提示させ、東京家裁をはじめ全国の家裁が、このモデル試案をもとに少年事件処理要領を作成して実施に入っているからである。

たとえば、少年が過去に万引き、自転車盗、全治十日間以内の傷害などの前例がない場合は、調査官による事件調査を省略、簡略化して、罪種別の画一的な処理を行うといった具合だ。

その結果、少年事件に取り組む家裁の姿勢がきわめて画一的で、事務的になってきているのが現実である。

今回の事件のように、少年たちは三人とも非行事実を否認して無実を訴えている場合は、とくに裁判官は、真実を見きわめるのに謙虚でなければならないはずである。

だが、実態は逆だった。

六月二十六日の武志の第四回審判では、付添人が証人としての能力がないと反対したにもかかわらず、裁判官は、武志の弟の俊彦を審判廷に立たせた。小学六年の俊彦は、裁判官の質問攻めにあい、答えられずに泣きだしてしまい、審判廷は異様な雰囲気に包まれた。

裁判官が俊彦にこだわったのは、警察と検察側の捜査報告書を事前に見て、俊彦の証言を重視したためだ。

というのは犯行に使われたとされる紺色の毛糸手袋について、俊彦は「事件後二週間たった夜の八時に、兄からもらった」（五月六日付員面）と証言していたからだ。

「俊彦が、警察での供述を認めれば〝光次に貸した手袋は弟にやったもので、事件の十日ほどあとに弟に返した〟という武志の供述とほぼ一致し、武志の調書の信用性は高まる。裁判官はそう考えたんですね。でも、武志の調書を読めば、重要な部分の供述がくるくると変遷していて、調書に信用性がないのはわかるはずなのに」と村山弁護士。

まだ十一歳の俊彦が、警察の調べを受けたのは五月六日のことだった。遊びから帰ってきたところを、待ち構えていた刑事に親の承諾もなく捜査本部に連れていかれ、俊彦は一人で夜の九時まで三時間も調べられた。

「私たちは俊彦に会って話を聞いたけど、言葉でうまく表現する力がなく、調書は刑事の誘導としか思えない。だから、俊彦の証人尋問をやる意味がないと反対したんです」

それでも、裁判官は俊彦を尋問した。

小学校六年にしては小柄で、幼児臭の抜けきれない俊彦が母親のそばに座って緊張していた。

「良心に従って、真実を述べ、何事も隠さず、偽りを述べないことを誓います」

証人席に立つと、俊彦は、漢字の横に平仮名のルビが打ってあるので、つっかえながら、なんとか宣誓文を読みあげることができた。

裁判官が質問をはじめた。

「警察官から調べられたことは覚えていますか」

「あそこで述べたことはほんとうのことを述べたのですか」

裁判官が次々に質問しても俊彦は「少し」とか「うん」とか、うつむいたまま、蚊《か》の鳴くような声を出すだけで、要領を得ない。

だが、肝心の武志から手袋をもらった時期については、はっきり「ことし」と答えた。

供述調書とのくいちがいに裁判官が「警察でいつもらったと言ったか覚えてる」と質問すると

「覚えてない」と俊彦。

「それじゃ、どうして去年じゃなくてことしだとわかるの」

「うん」

「何月ごろだというのもわからんわけでしょ」

「うん」

「じゃ、ことしだという根拠あるの」

「うん」

少年法は「審判は、懇切《こんせつ》を旨として、なごやかに、これを行わなければならない」（二一条）と、裁判官に対して審判運営に特別な配慮を求めている。

だが、俊彦に供述のくいちがいを問いただす裁判官の口調は厳しかった。まわりはおとなばかりの審判廷で、だれからも助けてもらうことができず、証人席で一人うつむく俊彦は、裁判官の質問にだんだん答えなくなり、下を向いたまま黙りこんでしまうことが多くなった。

こんな調子で質問は四十分もつづいただろうか。

つづいて付添人の尋問がはじまった。

「さっき、何か宣誓文を読んだけれど、意味わかったの」

「わからない」

「ぼくは、聞かれている意味がよくわかる？」

「……」

黙って、うなだれていた俊彦は、「これで終わります」と裁判官が言ったとたん、ポロポロと大粒の涙をこぼすのだった。

閉廷になったあと、武志は羽倉弁護士にポツリと言った。

「先生、俊彦はなんにもわかってないよ。〝述べた〟という意味も、わかんないんだから」

裁判官忌避申し立て

俊彦の例で明らかになったように、三人の少年が無実を主張しているにもかかわらず、警察、検察側の調書や意見を重視して、最初から〝犯人〟だと決めつけてかかる裁判官の姿勢を目の当たりにした弁護団は、裁判官に対する不信感をいっそう強めていった。

「警察のなりふりかまわぬ補充捜査を野放しにしてるじゃないか」「補充捜査も家裁が裏で検察官と連絡を取りあって黙認しているのではないか」「これまでの審判で、手続き的な保障は無視されている」といった疑問や不信の声が一気に噴きだし「裁判長を忌避すべし」という気運が盛りあがっていった。

忌避申立書

審判の公平について疑いがあるので、裁判官に対し、忌避を申し立てる。

こうした書き出しではじまる「裁判官忌避」の書面を、少年三人の弁護団が連名で東京家裁に突きつけたのは、七月三日だ。

「裁判官は、三人の少年が無実を主張している重大な局面を理解せず、犯人だという前提で形式的に対処している。しかも、付添人が指摘した捜査の誤りを謙虚に受けとめようともしない。そんな不信がたまりにたまって、こんな裁判官では、公平な審判ができないという危機感を持ったんです」

吉峯弁護士はこう裁判官忌避のいきさつを話す。

付添人を裁判官不信に陥れた要因は、俊彦のことだけではなかった。

「家裁の調査官との面会が禁止されたことも大きな原因です」

実は家裁には調査官という非行問題の専門家がいて、少年審判に大きな役割を果たしていることはあまり知られていない。

家裁に送られた少年が、最初に出会うのが、この調査官である。

調査官は警察や検察庁から送られてきた少年について、問題がありそうな場合は少年鑑別所に入れて、心理状態をはじめ家庭状況、成育歴などを調査。少年だけでなく、両親や学校の教師にも会って、非行の原因がどこにあるのかを探る。両親の夫婦関係、少年の交遊関係など、だれにも知られたくないプライバシーにまで踏みこんで徹底的に調べる。

そして、非行の道から立ちなおるためにはどうしたらよいかについて調査官意見を付けて、裁判官に報告書を提出する。

　裁判官は、その調査官の調査、報告をもとに審判するのである。だから調査官との協力なしには的確な審判が下せない仕組みだ。

　従来は、裁判官と調査官は車の両輪のように協力しあって事件に対処してきたが、処理要領が実施に移されたころから、調査官は裁判官の補助者と位置づけられ、裁判官の指導・監督を受けるかたちになった。

　しかも調査官にも主任調査官、総括主任調査官などと肩書を新たにつけた管理制度が導入され、司法当局の意図する少年処遇に調査官が忠実に対応するシステムができあがったのである。

　その結果、ますます少年事件に対処する裁判官の姿勢が、調査官の意見よりも警察・検察側の意見や見方を重視する傾向になってきているとの批判がある。

「従来は、付添人になったら、まず、担当の調査官に会って、少年の問題点を話しあい、おたがいに協力しあうんです。武志の話は要領を得ないところが多いので調査官に面会を申し入れたら、待たされたあげく〝裁判官の指示で付添人との面会は禁止されている〟という返事。こんなことははじめてですよ」と木下弁護士。

　裁判官は、付添人の調査官との面会を拒否しただけでなく、えん罪を晴らす決め手の一つとなったブローチについても、五月三十一日に証拠物としての提示を求めた弁護団の要求を拒否した。「証拠物は、検察庁などから借りだしたもので、まだ管理は検察庁や警察にあるから勝手に付添人に見せるわけにいかない」というのが説明だった。

「そもそも証拠物は事件を家裁に送致する場合〝合わせて送付しなければならない〟と、少年審判規則で決められているんです。それなのに、家裁には何一つ送られてこなかった。証拠物がなければ、付添人の弁護活動にも大きな支障が出る。このこと自体が大問題なのに、付添人には閲覧を許さないと言いながら、裁判官だけが証拠物をこっそり借りだして検討してるんですから、これでは公平な審判はとても期待できないと判断したんです」と、伊豆の国民宿舎でブローチを見つけだした羽倉弁護士。

仕方なくブローチは東京地検と交渉して見せてもらい、色や形をスケッチをして伊豆に向かうハメになったのだ。

審判廷で、裁判官が捜査記録をしっかり読まないまま、的はずれの質問が目立ったことも、弁護団の不信を生んだ。

六月八日の第二回審判。見張り役とされた彰の尋問だった。

裁判官は彰に「マンションの室内の図面を書いたことはないか」と質問をした。

「彰が書いた犯行現場の図面があるはずだと裁判官が、記録のなかから図面を見つけだそうとしたが、なかなか見つからない。数分後にやっと図面を探しだしたはいいんですが、それは彰のアパートの自宅の図面だった。それで、裁判官はそれ以上質問ができなくなってしまったんです」

と、若穂井弁護士。

供述調書をきちっと読めば、彰は見張り役で部屋のなかには入っていないのだから、取り調べでマンションの図面を書かせるわけがないことは、常識でもわかるはずだ。

若穂井弁護士は「これは単に裁判官の記録の不精読という問題にとどまらない。裁判官が少年たちが犯人である、という予断を持って事件をみている表れですよ」と言うのだ。

このほか、付添人に相談なく証人尋問の日取りを変更、独自に捜査当局から入手した情報をもとに尋問したなど、忌避材料は十一項目にも及んだ。

こうした姿勢をとる裁判官は、最近では珍しくない。

たまたま、今回のケースは少年の人権に関心を持つ弁護士九人が付添人になり、手弁当で少年をえん罪から救うことができた。

だが、少年事件で弁護士が付添人になるケースは全体のわずか〇・七パーセント。しかも、付添人の手で、裁判官の審判のやり方が問題になったのは皆無に近い。

成人の刑事事件とちがって、少年事件は弁護士の選任が義務づけられていない。つまり少年のほとんどは、自分を守ってくれる人もなく、裸同然で審判廷に立たされているのだ。

それが、裁判官を独善的、強権的にさせ、調査官や付添人と協力して少年の処遇を考える家裁本来のありかたを逆行させている、との批判が強い。

裁判官の忌避申し立ては、忌避した四日後、少年法に申し立ての手続き規定がないことを理由に、家裁で却下、門前払いされた。

弁護団はすぐに東京高裁に抗告、七月十八日に忌避自体は棄却されたが、少年事件でも不公平な裁判の運営をしている場合は、裁判官忌避の申し立てを認めるという決定が出された。

成人の刑事事件と同じように、原則として裁判官を事件から遠ざけてもらいたい申立権が保障されたのである。

解けた鑑定書のナゾ

弁護団の忌避申し立てをめぐって裁判官とのあいだに険悪なムードが漂っていたころ、弁護団の内部では、事件を客観的に裏づける鑑定関係の証拠の評価について論議が重ねられていた。

家裁では、このときまでに十五回の審判が開かれていた。少年たちの自白が刑事に強要されたもので、供述内容や証拠物に信用性がないこと、犯行時に見張りをしていたはずの彰に、事件当日のアリバイがあったことなどが、弁護団の手で次々に明らかにされ、審判の流れは弁護団に有利に展開していた。

「だが、これだけでは無罪をとれるか、まだ確信が持てない」

そう考えた弁護団は、被害者の死体の状況や現場で発見された遺留品から、犯人と結びつくものがあるのかを調べた鑑定関係の証拠をくわしく分析し、三人の無実をさらに強固なものにしていこうと考えた。

「この手首のヒモの縛り方をよく見てくれ。手首が動かないように、わざわざ8の字に縛ってある。こんな手のこんだ結び方ができるのはプロの仕業じゃないか」

実況見分調書の写真を見て、安部井弁護士と森野弁護士が同時に声を上げた。実際、武志にヒモを持たせてやらせてみると、手首にぐるりと回しただけだった。

「母親の後頭部にある傷もおかしいぞ。武志や光次の調書では、部屋のふすまか、壁にぶつけたときにできた、かすり傷だと言っているのに、写真ではザックリと傷口が開いてるぞ。これは何か硬い、とがったもので殴ったにちがいない」

「母親の後頭部から出血がひどいのに、少年たちの服や手袋に返り血がないのも、変じゃないか」

弁護団会議では、次々に疑問が出された。

なかでも若穂井弁護士は、武志の供述調書と鑑定関係の証拠を分析して、息子の真の首を絞めるのに使ったはずの布製ベルトに血痕や、はがれた皮膚が付着していないこと、真の首には二重にヒモを巻いた跡があるのに、調書では一回になっていること、そして、母親の首に残されていた凶器の跡は、電話コードではできないことなど、重要な矛盾を指摘した。

弁護団会議の行われた隣りの部屋で、鑑定写真を一人、食い入るようにながめていた若穂井弁護士は、「みどりちゃん事件」でも、凶器や遺留物、血液鑑定などの証拠を徹底的に洗いなおすことで、調書との矛盾を明らかにした経験があったのだ。

こうした疑問点を解決するため弁護団は、刑事事件の鑑定では実績のある法医学の大学教授に、現場写真の記録などを見せて、意見を聞いた。

「この教授は、われわれの疑問を裏づけてくれただけでなく、一つのナゾを解いてくれたんです」と吉峯弁護士。

実況見分調書の写真を見ると、殺された母親のスカートのファスナーは、どういうわけか、上半分が開いたままだった。思春期の少年にとって、女性のスカートのファスナーが開いているのは印象に残るはずだが、武志と光次の供述調書には、一言も触れていなかった。弁護団にとってはファスナーの一件は、説明のつかないナゾになっていたのだ。

「絞殺ならふつうは失禁反応があるはずなのに、母親にはない。ボウコウも空だし、強姦された形跡もない。つまり母親は、買いものから帰ってくると、急いでトイレに入った。そこで、おそらく何か物音がしたんでしょう。ファスナーを上まで上げる暇もなくトイレから出てきたところを、犯人に何か硬い凶器で一撃されたとみるのが自然だ」

これが長年、法医学にかかわってきた教授の意見だった。

ところがマンションの現場で母親と最初に顔を合わせたことになっている光次の調書では、母親は玄関のドアを開けると、まっすぐ真の死体のあった奥の六畳間にきたことになっている。トイレに寄ったという供述は、どこにもない。弁護団の調書への疑問は、深まるばかりだった。

わかるか、無罪だよ

審判は大詰めを迎えていた。

弁護団会議でも、家裁の処分内容がどうなるかが話題に上がるようになり「だいじょうぶだ」「いや、安心はできない」と楽観論、悲観論が交錯した。

そこに、家裁へ提出する弁護団の最終意見書の内容をめぐり、意見の対立が起きた。それまで審判廷で審理されたことのない鑑定関係の証拠に対する疑問を、意見書に入れるべきかどうかで、意見が割れたのだ。

「万一、事件が検察官送致となれば、成人と同じ裁判手続きになる。意見書に鑑定への疑問を盛りこむことで、いまから、こちらの手の内を検察側に見せてしまうのは得策ではない。裁判では、法医学関係者を動員して、こちらの疑問をつぶしにかかってくるのは目に見えている」――木下弁護士は、こう主張した。

「いや、むしろ鑑定への疑問を含め、すべてを家裁に出すことで、灰色無罪ではなく、真っ白無罪を勝ち取るべきだ。おとなならば灰色無罪でもなんとか社会復帰しているケースもあるが、少年の場合は難しい」と反論する吉峯、若穂井両弁護士。三人の主任付添人の意見が真っ二つに分かれてしまったのだ。

ほかの六人の弁護士は、吉峯、若穂井両弁護士の意見を支持したが、木下弁護士はあくまでも逆送検後の裁判に備えて「出すべきではない」と譲らなかった。

議論は平行線のままで、接点も見つかりそうにない。そこで窮余の策として「裁判官の感触を探ってみてから結論を出しても遅くない」ということになった。

木下、吉峯、若穂井の三人の主任付添人が、東京家裁で裁判官に面会したのは、八月上旬のことだ。

「鑑定や物証関係の証拠が、いまになっても全部出ていないのはおかしい。早急に出していただきたい」

この言葉の裏に秘めた弁護士たちの狙いを読むことができなかったのか、裁判官は、あっさりと答えた。

「警視庁と地検には、必要な記録は出すように言ってるんですが、送ってこないんですよ。追送記録も中身は、しょうがないもんだし……」

裁判官の、この言葉を聞いて、三人の弁護士は心のなかで「これは勝てる」と叫んでいた。

「裁判官は鑑定内容の議論に入るまでもなく、もう結論を出していると確信したんです。まだ、こちらの主張に疑問があるなら、鑑定論争に踏みこまないことは考えられないですからね」と吉峯弁護士。

それに追送記録も検討に値しないと言う。

吉峯弁護士によると、警察、検察側は、巻き返しの補充捜査で、七月下旬までに、事件当日に彰をマンション入り口で見たという主婦の目撃証言や、彰が勾留されていた警察の代用監獄で、同房者が彰から犯行の話を聞いたという証言などを追送記録として家裁に送っていたのだ。

「家裁で終わりなら、鑑定への疑問もどしどしぶつけることで、警察、検察をさらに追い詰めたほうがいい」と、木下弁護士も鑑定への疑問を最終意見書に盛りこむことに同意した。

そして三百三十ページにもなる弁護団の最終意見書ができあがったのは、八月十一日。その一カ月後に三人の少年に対する家裁の処分が言い渡された。

九月十二日午前十時。東京家裁四階にある法廷。六月五日の第一回審判から三カ月が過ぎていたこの日、審判は、判決に当たる処分決定の言い渡しを迎えた。これまでは三階の小法廷が使われてきたが、この日だけは、裁判官が決定を三人に言い渡すため、大法廷が使われた。

「三人とも前に出なさい」

裁判官にうながされて、武志、光次、彰の三人が立ちあがった。

「この事件については、少年を保護処分に付さない」

裁判官の声が法廷に響いた。無罪だった。

「ぼくたちやってない」という少年たちの無実の叫びが、やっと裁判所に届いたのだ。

「犯行時に見張りをしていたとされる少年彰にはアリバイが成立する疑いが濃い」

「少年の一部の自宅から出たバッグが被害者の持ちものであったかのような証拠があり、そうであれば、少なくとも当該少年と本件犯行を結びつける客観的証拠となり得るのであるけれども、検討するに、結局そのように断定することまではできない」

「少年らと本件犯行を結びつける証拠は、相互に少年三名の各自白のみであるが、多くの点を検討した結果、少年の自白は、かならずしも十分な信用性があるとは言えないとの判断に達した」

裁判官が、三人を無罪とした理由を読みあげていく。

彰のアリバイ、秘密の暴露の不在、供述調書の不自然な変遷。弁護団が主張してきたことが、決定理由のなかでことごとく採用されていた。

さらに、裁判官は警察での取り調べについてもとくに触れ「少年らが、こもごも訴える取り調べ警察官の、やや無理な取り調べ状況がなかったとまでは言えず、少年らが年少者であるうえ、いずれも、いわゆる、いじめられっ子の萎縮《いしゅく》しやすい性格を持っていて、強い者や権威ある者に迎合し、一時逃れにその場かぎりの供述をしやすい傾向にあるために、また、たがいに、とくに大切に思う他の少年が、すでに自白したとの偽りの取り調べを受け、そうならば仕方ないとの気持ちもあって、自白してしまったと言うことも想像できないではないのであって」と、少年の心理や特性に配慮を欠いたいきすぎた警察の捜査が、えん罪を生む結果となったことを、抑えた表現ながら認めたのだ。

「これで終わります」

決定の言い渡しは十分足らずだった。

裁判官が退廷すると、吉峯弁護士が目を真っ赤にして、三人に駆け寄った。

「わかるか。無罪だよ。無罪」

そのとたん、取り調べの恐怖から自殺まで図った武志が、わっと泣きだした。彰も、いつも、ニコニコしていた丸い顔を涙でくしゃくしゃにした。

あとでわかったことだが、武志と彰は、裁判官が全文を読みおわっても、その意味がわからなかった。

「裁判官が難しい言葉で話しているので、警察にいたときのように、またぼくたちの言ってることと信じてくれなくて、このまま刑務所に連れていかれちゃうのかなと、ずっと不安だった。だから吉峯弁護士から〝無罪だよ〟と言われて〝これで家に帰れる〟と思ったら、自然に涙が出てきちゃって」と武志。

光次は、途中から「無罪かな」と思ったが、確信が持てず、吉峯弁護士の「無罪だ」という叫びで、やっと三人は自由になったことがわかったというのである。

吉峯弁護士に「無罪だ」と言われて、はじめて……。

エピローグ

ある日突然、登校拒否生徒だった少年たちが、強盗殺人という凶悪事件の犯人に仕立てあげられ、代用監獄の密室で二十二日間にもわたり刑事からうその自白を迫られた。

中学を卒業したばかりの思春期の多感な時期に、おとなでさえ過酷といえる異常な体験を強いられた少年たち。

息子の無実を信じる父親たちをはじめ、「子どもの人権弁護団」の九人の弁護士を中心に、多くの人びとのはたらきがあって、東京家庭裁判所は、一九八九年九月十二日、無罪にあたる不処分の決定を出した。

三人の少年のえん罪は晴れたのである。

それから早くも二年半がたった。彼らは、いま、どうしているのだろうか。この二月、私たちは、三人の少年を訪ねてみることにした。

事件で見張り役とされた彰は、運送会社のトラック運転助手として働いていた。夜の七時すぎ、制服だというベージュ色のジャンパーを着て、会社近くの喫茶店に現れた。

「今年で十九歳ですよ」

短くした髪をきれいに整えた彰の顔からは、事件当時のあどけなさは消え、すっかり青年らしくなっていた。

いまの運送会社は、アルバイト情報誌を見て決めたという。

「新聞配達や塗装工の見習いをやってみたんだけどうまく続かなくて。やっぱり自分はトラックが好きなんで〝これならできる〟と思って、求人広告見て面接受けたんです」

三カ月の見習い期間の後、正社員に採用されたが、入社の翌日から社員寮に入ることになり、親元を離れての一人暮らしがはじまった。

仕事は家具の配達。四トントラックで都内を回る。朝六時半に起きると、運転手が出社する前にトラックのキーをかけ、燃料のチェックや車内の清掃をすます。

「家具倉庫に商品を取りにいって、お客さんに配達するんです。一日で回れるのは十軒くらいかな。銀座に配達に行ったとき、偶然吉峯弁護士と顔を合わせたこともあるんですよ」

夜は寮の部屋で好きなテレビを見たり、音楽を聞いたりするが、朝の早い仕事なので周りに迷惑がかからないようにと気を使って、一人トラックに潜《もぐ》りこんで、カーステレオを聞くことが多いという。

仕事が終わってから、たまに会社の同僚と近くの居酒屋やスナックに酒を飲みに出かけることもあるが、夜十一時ごろにはきちんと寮に帰ってくる。

「酒はかなり飲めるほうだけど、飲みすぎて次の日の仕事にさしつかえても困るし、家具に傷でも付けたらこっちの責任で弁償しなきゃならないでしょ」

だから、飲みにいっても早めに切りあげるように注意しているのだという。

給料は手取りで月十八万円。父親に一度渡したあと、食費のほかに小遣いを一、二万円もらう。残りは全部貯金している。中学時代からトラックが好きで専門誌を愛読していた彰は、将来自分のトラックを持つのが夢だ。

「今年中に何とか免許を取るつもり。免許とれたら、自分のトラック買って、映画の〝トラック野郎〟みたいに、いろんな飾りをつけて、稼ぎまくるんだ。トラック持てば月八十万は稼げますからね。そして、小さくてもいいから運送屋やりたいなと思ってるんです。四トントラックだと新品でも安いの買うのに六百万円はかかる。そのためには、金をためなきゃね」

仕事をはじめて一年半。まだハンドルを握れない運転助手の仕事が面白くなくて「やめようかな」と落ちこむときもあるが、「免許を取るまではだれに何と言われても頑張るぞ」と自分を励ましているという。

ひたむきに将来の夢を語る彰だが、事件のことに触れると急に口が重くなった。

「私服の刑事を見ると、いまでもにらみつけてやるんだ。でも、あれこれ考えても仕方ないし」と多くを話そうとしなかった。

そんな彰とはちがって、事件での自分の体験を語りはじめているのが光次だった。

光次がはじめて自分の体験を人前で話したのは「自由に生きるがきの会」の集会。その会は、光次と同世代の少年少女が集まって、学校の管理体制やおとなによる子どもの人権侵害をどうしたらなくすことがきるのか、被害者である子どもの立場から考える会だった。

家裁の決定から一カ月後ぐらいに、吉峯弁護士から「今回の事件できみが感じたことを話してみないか」と声をかけられた。最初はどうしようか迷ったが「一度自分の気持ちを話してみるのもいいかもしれない」と思って引き受けたという。

集会で光次は、どうしてこんな事件に巻きこまれてしまったのか、自分なりの気持ちを素直に話した。

「警察だけが悪いんじゃなくて、ぼくたちも悪いところがあったと。興味半分で現場に行って、武志がうそを言ったんだけど、警察がうちに訪ねてきたとき、それがうそだと言えば言えたのに、ぼくは、ささいないたずらだと思って話さなかったんですよね。会のみんなは〝うそをつくことはだれにもあるんだし、そんな大きな問題になるとは思わなかったんだから、自分たちだけが悪いと思う必要はない〟と言ってくれて、いろいろとぼく自身の身になって考えてくれたんですよね。そんな経験ははじめてだった」

「がきの会」との出会いから、光次は絶滅の恐れのある稀少動物の援助や動物実験に反対するグループ、子どもにもおとなと同じように自己決定権を認めた国連の「子どもの権利条約」を考えるグループの活動などに参加するようになり、自分の世界を広げていった。

こうした活動がきっかけになって、子どもの人権問題やえん罪を考える集会に出て、みずからの事件の体験を語ることをつづけている。

「裁判で無罪になってもぼくたちを犯人だと疑う人は疑うんですよね。だから、事件の話をするつもりはなかったんですね。でも、〝がきの会〟のようにぼくの話を聞いて信じてくれる人もいることがだんだんわかって〝こういう人たちといっしょに何かやれたら〟という気持ちがはっきり出てきたんです。登校拒否を起こしているときは何もやる気がなかったんですが、いま考えると不思議ですね」

小さいときから一人で自分の世界にとじこもっていた光次だが、事件での体験をとおして社会に目を向けはじめたようだ。

仕事は、ガラス食器の卸会社――トラックの運転助手、そして現在は、母親が働くプラスチック工場で、午後十一時から朝の四時までアルバイトをして働きはじめた。

すべてが順調というわけではない。彰に誘われて、彰と同じ会社で運転助手をしたときは、体調を崩し、無断欠勤してしまった。

それをくり返すうちにクビになり、昨年十一月からこの二月中ごろまでは、仕事もせずに、家で好きな推理小説などを読んだり、深夜テレビを見たりの生活を送り、親をいらいらさせた。

以前だったら、働かずに家でゴロゴロしている息子の姿を見つけたら、父親は手を上げたり、口うるさく小言を言ったものだ。だが事件をきっかけに、これまでの体罰を振るっていた厳しい子育てを深く反省したのだろう、父親は不気味なほどなにも言わなくなった。

母親が「早く仕事を見つけて働いたらどうなの」と言うが、心のなかでは「見つかったら、やりゃいいや」という気楽な気持ちでいたという光次。

「社会では学校のようにいじめられることはなくなったけれど、まだ、これと言って自分でやりたい仕事が見つからないというか……」というのが光次の本音のようだ。

トラックの運転助手をしていたときにためたお金も底をついてきたし、友だちから譲ってもらったイグアナを飼うためにも、電気代が月一万五千円もかかるので、とりあえず、母親の勤めている会社で働くことにしたという。

主犯格とされた武志の家は、東京・下町の幹線道路沿いに建つマンションの四階だ。

私たちが訪ねたとき、武志は配送関係の会社をやめたばかりで、自宅にいた。これまでに仕事は四回も変わったという。

武志がはじめて仕事に出たのは、東京家裁の不処分決定から三カ月後。父親が紹介してくれた塗装工の仕事だった。だが、そこは一週間で行かなくなった。

「職場の人は、ぼくが事件で犯人にされたことは知らないはずなのに、こっちが何か事件のことを聞かれるんじゃないかって、いつもビクビクしてた。お父さんは〝もう少し頑張ってみろ〟と言ってくれたんですが、おとなばかりで仕事に行っても話せる人はいないし、寂しくてやめちゃったんです」

それまでも武志は、人に会うと事件のことをいろいろ聞かれるのがいやだからと、家でテレビを見たり、ファミコンで遊んだりして、外出することはほとんどなかった。

それから二カ月ほどして、こんどはパン工場で働くことになったが、ここも一週間でやめてしまった。次に勤めたのが、彰が働いていた運送会社だった。家裁の決定から、ちょうど一年がたっていた。

「彰から電話で〝いっしょに働かないか〟って誘われたんです。彰もいるし、安心だし。それで〝いいよ〟って」

仕事は、彰と同じ運転助手だった。前の職場とちがって、後輩がいたし、「負けられないな」と頑張ったが、一年四カ月でやめてしまった。

「仕事が終わって、職場の同僚から誘われると、どうしても断れなくて、夜遅くまで遊んじゃうんですよね」

後輩と近くのカラオケボックスで歌ったり、喫茶店で雑談をしたあと、先輩たちと飲みにいったりもした。

「彰やぼくのあとに入ってきた光次と三人で飲むこともありましたよ。光次が中学時代のことを店の女の子の前でばらしちゃう。彰は怒ってたけど、ぼくはみんなでワイワイやってる雰囲気が好きだった」

そんな生活を続けていると、家に帰るのが夜中をすぎることもあった。

体重が五二キロと、きゃしゃなからだの武志には、トラックに乗っての家具の積みおろしは、きつい仕事だった。しかも仕事は朝七時と早い。それなのに、誘われると夜遅くまで付きあって遊んでしまっては、若いとはいえからだが続くはずがない。

「疲れがとれないで、仕事を休んだことも五、六回ありました。仕事中に倒れたりしたことも一度あって、最後は自分で体力に自信がなくなって、やめることにしたんです」

いまは事件のことで周りに気う使うことはなくなったと武志は言うが、自分が何をやりたいのかがはっきりつかめず、まだ親元を飛びたてないでいる。

えん罪の恐怖から解放され、平穏な生活を取り戻した三人だが、いま、ようやく、それぞれの人生を歩みだしたところだ。

自己表現がうまくできずに教師体罰や同級生のいじめを受けて登校拒否をしていた三人のことだ。自立への道を模索しながら一人で社会のなかに飛びこんでいくには人一倍、不安があるにちがいない。

それだけに、言葉のハンデを抱えながら一人、寮生活を続ける彰から「最初はちょっと不安だったけど、自分の好きなことやってるわけだし、すぐ慣れましたよ。性格も明るくなったみたいだし」という言葉を聞いたときは、救われた思いがして、うれしかった。

三人の少年が、それぞれの幸せな生活をつかみとってほしいと願わずにいられない。そのためにも、私たちおとなは温かく見守っていたいと思う。

自白偏重の捜査、「えん罪の温床」と国際的にも批判の強い代用監獄、そして拷問《ごうもん》まがいの取り調べ。えん罪事件が起きるたびに指摘された捜査の問題点が、今回の事件でも、またくり返された。

警視庁は東京家裁の無罪決定に「捜査は適正かつ綿密に行われた。少年三人が犯人であることはまちがいないと確信している」という捜査一課長名の談話を発表した。

無実の少年たちを犯人に仕立てあげただけでなく、真犯人追及の時間を無為にし、残された遺族をさらに大きな悲しみに追いやった反省はみじんもない。みずからの誤りを謙虚に受けとめず、いたずらに虚勢を張りつづけているかぎり、国民からの支持、協力は得られないだろうと思う。

今回の事件では警察の行きすぎた捜査と並んで、学校のありかたも厳しく問われている。

彰の父親が「学校にさえ行っていれば事件に巻きこまれなかった」と嘆いたように、えん罪を生んだ背景として、いじめによる登校拒否の問題を抜きには考えられない。

というのも、少年たちが登校拒否をしていなければ、平日の白昼に起きた殺人事件の犯人にされることもなかったからだ。

進学率を上げることだけに血眼《ちまなこ》になって、一人ひとりの子どもたちをありのまま受け入れることができなくなっている学校。「学校の秩序維持」「進学率アップ」の名のもとに、生徒を切り捨ててきた教師たち、そして、それを学校側に求めてきた私たちおとなの姿勢が厳しく問われはじめている。

日本の教育現場を見ると、この中学校だけが特別ではない。偏差値で子どもたちを序列化し、細かな校則でがんじがらめに縛りあげている学校の風景は、都会であろうと離島であろうと、全国どこに行っても同じだ。

一握りのエリートを選別するために、教育内容を高度化し、教師の自由を奪った日本の学校教育の構造的な病理の問題なのである。

三人のように閉塞的な学校システムから登校拒否、高校中退というかたちで弾きだされる子どもたちは、文部省の調査（九〇年度）でも、年間十六万人にものぼっている。

偏差値という画一的なものさしで生徒を序列化していく教育システムは、経済的な利益を上げるためには、すべてを犠牲にして、ひたすら走りつづけてきた日本の企業社会そのものによって支えられているのである。

このように考えてくると、今回の事件を生んだ社会的責任は、教師だけに負わせることはできない。経済的利益を上げるためにすべてを犠牲にした経済、社会構造を容認してきた私たちおな一人ひとりが問われなければならないと思う。

少年たちにとって、事件はまだ終わっていない。九〇年十月、三人の少年は弁護団と話しあって、東京家裁に刑事補償を求める申し立てを起こした。成人の刑事事件では、刑事補償法で無罪となった人に対し身柄拘束一日について、最高九千四百円の補償を認めている。それなのに、少年事件で不処分になっても補償の規定がないのだ。

この申し立ては、東京家裁そして東京高裁で棄却され、現在最高裁で審理されているが、この事件のほかにも少年事件で不処分となるケースが相次いでいることなどから、法務省は法の不備を認めざるを得ず、近く無罪少年にも刑事補償制度を創設、適用する方針だ。

補償額は家裁が独自の判断で決め、少年側に請求権や不服申し立てを認めないなど、法務省の考える補償制度には、まだまだ多くの問題点があるが、三人の申し立てをきっかけに少年にも刑事補償による救済の道が開かれることになった意義は大きい。

歴史に「もしも」は許されないが、もしも武志が鑑別所で父親に泣いて無実を訴えなかったら、もしも父親が息子の訴えを信じず、弁護士を切り換えなかったら、もしも彰の同僚の塗装工が検察庁で調書に署名していたら、もしも……と考えると、少年たちがえん罪を免れたのは偶然に近い。

それだけ日本の社会は、少年の人権に対する認識は、十分ではない。この事件は、そうした日本社会への警告である。

あとがき

どんな人間にも他者にとって代わることができない人間の尊厳がある。

残酷な犯行を犯した少年でも生き続けている限り、贖罪と更生への道を歩み始める可能性がないとは断定できない。

それがいつ、どんな形で現れるかは、だれにも想像できない。

死刑は、その人間の尊厳を証明しようとする可能性さえも、正義の御旗のもとに奪ってしまう残酷な行為である。

特に更生可能な時間と機会が多く残されている少年の場合、死刑という形でその道を遮断してしまうことは、死刑を求めた人たち、そして裁判官、裁判員が自ら人間の尊厳を否定し、放棄してしまうことになるのではないだろうか。

この『ぼくたちやってない』が単行本となって世に出てから既に二〇年がたつ。少年を取り巻く状況はますます悪化し、凶悪事件を起こした少年に対する厳罰化を求める声は収まりそうもない。

なかでも二〇〇九年から導入された裁判員裁判の制度は、裁判員の少年法に対する認識不足とあいまって、少年の更生可能性を探るのではなく、成人の犯罪を裁くのと同じように、犯罪の凶悪性に応じて厳罰を科すべきだという意見が裁判員から出されるなど、少年法の理念が形がい化しつつある事態に拍車をかけている。

これは人間の尊厳を軽視することになり、極めて憂慮すべきことである。

少年法の第一条には「少年の健全な育成を期し、非行のある少年に対して性格の矯正、環境の調整に関する保護処分を行う」と、少年法の目的が健全育成であることを明記している。

成人の犯罪を裁く刑事裁判では、検察側は被告人の犯した犯罪について証拠を基に証明していく。それに対し被告人と弁護士は、やったかやっていないかを明らかにしたうえ、犯罪に至るまでの事情などを説明する。

裁判官は犯罪をやったという心証を得たときに、有罪の判決を出す。

つまり裁判官の役割は、検察側と被告人、弁護側の主張を聞いたうえで、検察官の主張が正しいかを証拠を基に判断する審判者の役割を担っている。

ところが未成年の場合は、裁判官に求められているのは刑事裁判の審判者の役割と同時に、少年が更生していくためにはどのような手助けが必要かを判断する教育、福祉の視点が求められている。

これは少年の凶悪事件を裁く裁判員裁判でも同じである。少年の健全育成を期すという少年法の理念を簡単に放棄してはならないのだ。

特に凶悪事件を犯した少年の場合は、再犯の可能性があるのかどうか、手厚い教育的、福祉的な支援があれば、更生の道を歩むことができるかどうかを厳正に判断しなければならない。

そのためには裁判員は、犯罪に至った経過はもちろんのこと、どのような家庭で、どんな育てられ方をされたのか、虐待を受けていたのかどうか、受けていたとすると虐待はどんな形をとっていたか、心の傷は残っているのかなど、少年の立場、視点に立って克明に調べる必要がある。

このような調査は、家庭裁判所の調査官が両親や祖父母など関係者に会って調べ、作成した「少年調査票」や、少年鑑別所で調べた「鑑別結果報告書」に社会記録として詳しくまとめられている。

少年の心身の成長、発達を阻害したものは何か、その結果、暴力に依存するといった人格の未熟さにつながり、犯行の動機となるほど精神的、心理的に大きな影響を受けていた、といったことが発達心理学、精神医学的見地から綿密に記されている。

この膨大な社会記録を読むと、少年の家庭環境、生い立ちから性格、行動傾向などが一目瞭然に、理解できる仕組みになっている。

このシリーズの一つである『荒廃のカルテ』には、その社会記録の内容を克明に書いたので一読していただきたい。

裁判員裁判制度導入前の裁判官は、時間をかけてこの社会記録を熟読、吟味し、少年が更生可能かどうか、再犯を犯すかどうかを予測、判断してきたのである。

ところが裁判員裁判では、多くの場合、裁判員に配慮して、結審までに五日間、評議に三日間などと、時間が制約されているため、膨大な社会記録を読むことは時間的、物理的に不可能に近い。

しかも少年のプライバシー保護という名目で、担当官がプライバシーに配慮して裁判員裁判用にまとめた社会記録の要約と結論部分だけが法廷に提出される。この要約を裁判員は読んで、少年の状況を知る仕組みだが、事件を起こした少年の内面まで深く探ることはとうてい無理である。

凶悪事件を起こす少年は、必ずと言ってよいほど、幼少期に親などからさまざまな虐待を受けて、心の傷を抱え、精神的に未熟のまま成長した虐待の被害者であることが多い。

その心の傷がどのようにして事件と結びついたのか、肉体的には大人であっても、精神的に未熟であることは、発達心理などを学んだ専門家でないとなかなか理解できない部分が多い。

たとえば、その心の傷がケアされないままの状態だと、何か問題が起きると解決手段として、言葉ではなく、自分が受けた暴力という形で表現しがちだ。

精神的に成長した大人であれば、他人とのかかわりのなかで、相手の立場、状況に想像力をはたらかせ思いやることもできる。しかし未熟な場合は、幼児と同じで、感情だけにとらわれてパニックに陥り、自分自身をコントロールできなくなる。犯行の残虐さは、未熟さを証明していると言ってもよい。

つまり虐待を受けた被告の犯行時の心理状態まで踏み込まないと、犯行のときの心の動きに迫ることは不可能に近い。

ところが昨今、最高裁を含め裁判所の判事たちは、なぜか、この虐待問題、そしてPTSD（心的外傷後ストレス症候群）については勉強不足で、無知ゆえに加害者の状況が理解できず、安易に死刑を求めていく傾向にある。

このように見てくると、裁判員裁判制度で少年による凶悪事件を審理することは構造的に無理なのではないだろうか、とさえ思えてくる。

国連子どもの権利委員会では二〇一〇年六月、第三回日本政府に対する総括所見で、「非職業裁判官制度である裁判員制度は、専門機関である少年（家庭）裁判所による、罪を犯した子どもの処遇の障害となっている」という懸念を示し、「法に抵触した子どもが常に少年司法制度において対応され、専門裁判所以外の裁判所で成人として審理されないことを確保するとともに、このような趣旨で裁判員制度を見直すことを検討すること」と勧告している。

少年法の理念に対する認識不足が露呈されたのは、二〇一〇年二月一〇日早朝に、宮城県石巻市で起きた元解体工の一八歳の少年による三人殺傷事件を扱った仙台地裁での裁判員裁判である。少年事件を扱う裁判員裁判では初めて死刑判決が下された。

少年は一年半前から交際して赤ちゃんも生まれた少女（当時一八歳）の実家に友人と早朝に押しかけ、少年の暴力から逃げていた少女を連れ戻そうとした。

居合わせた少女の姉（同二〇歳）と少女の友人の高校三年生女子（同一八歳）の二人を牛刀で

刺殺、一緒にいた姉の知人の男性（同二一歳）も刺して右胸に大けがを負わせ、少女と生後四カ月の赤ちゃんを車に乗せて逃走、間もなく逮捕された。

少年は二年近く前から少女と関係を持ち、事件の四カ月前に赤ちゃんが生まれた。ところが少女が他の男性と付き合ったことを知った少年は裏切られた気持ちになり、事件の四、五日前に殴る、蹴るなどの暴行を加えたため、少女は実家に逃げ帰った。

少年は少女を連れ戻そうとして事件の前日、少女がいる実家を訪れたが、少女の姉に一一〇番されてパトカーが駆け付けたので逃げ帰った。

翌日早朝、友人と二人で実家を訪ねた少年は、少女が寝ていた部屋に入ったところ、気付いた姉が一一〇番しようとしたので、持っていた牛刀で姉ら三人を突き刺し、死傷させた。

この事件は、金欲しさから知らない家に侵入して、殺害して金品を奪うといった単純な強盗殺人事件とは異なる。

少年と、交際して赤ちゃんまで生まれた少女との人間関係がこじれて、実家に帰った少女を連れ戻そうとした経過のなかで起きた事件である。

しかも犯行には、共犯として逮捕された少年の友人が同行している。また少女の家には、事件当日、少女の姉と姉の友人、少女の友人の三人が少女と一緒の部屋で寝ていて事件に巻き込まれている。

さらに事件を複雑にしているのは、少年が母親などから虐待を受けていて、事件の一年前に母親に対して暴力を振るい、保護観察処分を受けた状態にあることだ。

検察側は少年が少女を自分から引き離した姉を恨み、姉を殺害する計画を事前に立て、もし他にだれかがいたら皆殺しにすると共犯者の友人とも話し合っており、最初から皆殺しにすることを計画した凶悪犯罪だと主張している。

ところが弁護側は「少女は自分のところに戻りたいのに、姉たちに反対され監禁状態にされているので、脅してでも少女を取り戻そうとしたが、姉たちが一一〇番しようとしたので、少年はカッとなり、突き刺してしまった突発的な事件で、計画性はない」と反論している。

検察側は殺人の計画性を立証するため、重傷を負った男性に「少年は『全員ぶっ殺す』と言いながら刺していった」と、また共犯の少年には「刃を上にして、斜め上につきだせば刺さるんだ」「お前が姉を殺せ」などと指示されていたことを証言させた。

弁護側は「少年は保護観察中のため事件を起こすと少年院に入れられると思い、それを避けるために話をしただけで、本気で考え、計画したのではない。そうしたやり方も含め、精神的に未熟な少年が起こした突発的な事件だ」などと反論している。

このように、この事件は犯行の動機、殺意の発生時期とその程度、犯行に至るまでの二人の関係について、あらゆる点で検察側と弁護側の主張が異なり、対立した。

しかし判決では検察側の主張を全面的に採用し、弁護側の主張をことごとく排除して、「罪責は重大で、少年であることが極刑を回避すべき決定的な事情とは言えない」として求刑通り死刑の判決を下した。

結審までにわずか五日間、評議に三日間という短期間に、対立する争点について裁判員が十分に納得して結論を出したかどうかは疑問である。

『ぼくたちやってない』で明らかになったように、警察・検察側は自分たちが想像して構築したストーリーのために、被告人や被害者の供述調書を意図的につくり上げることは実に容易なことである。

つまり警察、検事によりつくられた供述調書に対し、裁判員が疑いを持って、証人に質問しないと、争点が対立する事件では真相に迫ることはなかなか難しい。

そのためには『ぼくたちやってない』に登場した九人の弁護士のように、専門的知識と熟達した洞察力、判断力が求められる。その力量が、裁判員に備わっているかどうかは疑問が残る。

判決文を読むと、少年法の理念に逆らってまで、なぜ死刑の判決を出したかという理由説明は最後の部分に、付け足しの形で触れているだけで、大半はなぜ死刑にしなければならないのかの理由説明に終始している。

その死刑の根拠にしているのが永山基準と呼ばれているものだ。

しかも永山基準が示された最高裁判決の「死刑は総合的に判断してやむを得ない場合のみに許される」という理念を無視して、凶悪な事件は死刑が原則、無期懲役にする合理的理由がないと論理を逆転させたのである。

少年法の理念を理解するためには、永山基準が、どういうもので、なぜ出来上がったのかについて説明しなければならない。

永山基準というのは今から四十四年前の一九六八年十月に起きた少年による四人連続ピストル射殺事件の裁判で、最高裁が無期懲役の高裁判決を破棄して差し戻したときに示された死刑の基準のことを指す。

当時一九歳だった永山則夫は、横須賀の米軍基地で盗んだピストルで、東京を皮切りに、京都、函館、名古屋の四か所で、ガードマンやタクシー運転手を射殺して金を奪ったという連続強盗殺人事件を起こした。

四件とも目撃者がいないため、犯人像が分からず、次はどこでピストルが発射され殺害されるか、という恐怖に日本国中が震え上がった。

四人も殺害しているため、一審の東京地裁は一九七九年に死刑の判決を下した。ところが弁護側が控訴した二審の東京高裁は、死刑判決を破棄して無期懲役に減刑した判決を出した。

無期懲役にした理由は、犯人として逮捕された永山則夫（当時一九歳）は極貧の家庭で、育児放棄に近い状況で育てられただけでなく、アルコール依存症の父親から虐待を受けていた。そのため一九歳ではあるが、精神的には未成熟で、一八歳未満の少年に近いので、死刑は厳しすぎると指摘したのである。

ところが遺族の中から「成育歴が問題だからと、死刑を無期懲役に減刑するのは納得がいかない」という声が出てきて、検察側は上告した。

そして最高裁が審理した結果、死刑判決を出す場合に検討しなければならない九項目に照らし合わせた結果、無期懲役の判決は誤ったもので、これを破棄しなければ正義に反すると判決を破棄して東京高裁に差し戻した。

その際、判決で示された九項目が永山基準で、こう記してある。

「死刑制度を存置する現行法制の下では、犯行の罪質、動機、態様ことに殺害の手段方法の執拗性・残忍性、結果の重大性ことに殺害された被害者の数、遺族の被害感情、社会的影響、犯人の年齢、前科、犯行後の情状等各般の情状を併せ考察したとき、その罪責がまことに重大であって、罪刑の均衡の見地からも一般予防の見地からも極刑がやむをえないと認められる場合には、死刑の選択も許されるものといわねばならない」

つまり判決では「極刑がやむを得ないと認められる場合は、死刑の選択も許されるものといわねばならない」と、出来るだけ死刑は避けるべきで、やむを得ない場合のみに認められる。つまり死刑の選択はできるだけ避けたいというニュアンスが込められていると言ってよい。

この永山基準が示された一九八三年から、裁判所は、この永山基準を基にして死刑判決を出してきた。

ところが凶悪事件に対する厳罰化が進む中で、光市の母子殺害事件での最高裁判決（二〇〇六年六月）は、永山基準を引用しながらも「その罪責がまことに重大であって、罪刑の均衡の見地からも一般予防の見地からも極刑がやむを得ないと認められる場合には、死刑の選択をするほかないものといわなければならない」と、「原則死刑」という方針に切り替え、これが以後の判決の新たな基準になってしまったのである。

光市の母子殺害事件については『荒廃のカルテ』のあとがきでも触れたが、一審、二審では無期懲役だったのを最高裁が破棄した。

最高裁は、永山基準を用いながら、殺害したのは二人で、犯行当時の年齢が一八歳であったにもかかわらず、「特に酌量すべき事情がない限り、死刑を選択するしかない」と、永山判決の極力、死刑は避けるという方針を無視して死刑判決を下したのである。

一八歳という年齢も配慮すべきでないと、少年法の理念を無視した判決を最高裁は下したと言ってもよい。

今回の石巻三人殺傷事件でも、その流れのなかで永山基準を用いて死刑判決を出したのだ。

仙台地裁の裁判員裁判の判決では、九項目の罪質面については「自分の欲しいものを手に入れるために人の生命を奪うという強盗殺人に類似した側面を有する事犯である」などと説明している。

問題なのは、一八歳七カ月という少年であることについでは「犯行の態様の残忍さや被害結果の重大性に鑑みると死刑を回避すべき決定的な事情とまではいえず、総合考慮する際の一事情にとどまり、ことさらに重視することはできない」と片付けていることだ。

また更生可能性については「母親に対する傷害事件で保護観察処分を受けたにもかかわらず、少女に対する暴行を繰り返し、エスカレートさせ、警察から警告を受けていたのに態度を改めず、犯行に及んでおり、犯罪性向は根深い」と、否定している。

特に気になるのは、「反省の言葉は表面的であり、自分なりの言葉で反省の気持ちを表現したものとまでは言えない。事実関係についても不合理な弁解をしている。被告は犯行の重大性を十分に認識しているとは到底言えず、反省には深みがないと言わざるを得ない」といったことを例に挙げたうえで、「以上から更生可能性は著しく低いと評価せざるを得ないと判断した」と結論付けている点だ。

この部分を読んだだけでも、裁判員は少年がどういう状況に置かれているかを理解できず、ただ表面的な言動でしか受け止めていないことがわかる。

少年は五歳のときに両親は離婚した。母親は再婚したが、少年は自分が受け入れられたという実感はなかったという。母親は再度、離婚して別な男性と付き合うものの、その男から暴力を受け続け、母親自身もアルコール依存症になっていく。そして母親からも暴力を受けるなど、少年は常に暴力に脅えながら寂しさと孤立感を感じながら成長してきたことが法廷で明らかにされた。

プライバシーを配慮したため、この程度しか明らかにされていないが、実態はもっと酷い状況だったに違いない。

幼少期から暴力・虐待を受け、自分の感情を押し殺して成長してきた少年にとって、自分の思いや気持ちを言葉で表すことは簡単なことではない。

ましてわずか五日間の緊張状態の審理の中で、「深みのある反省」の態度を示すことができるだろうか。

裁判員裁判では遺族が法廷で意見陳述ができる仕組みだが、極刑を求める遺族の悲痛な叫び、処罰感情を目の当たりにして、果たして裁判員は公正な審理、判断が下せるだろうか。


死刑は、その人間の尊厳を証明しようとする可能性さえも、正義の御旗のもとに奪ってしまう残酷な行為であると、最初に書いた。

この点について、永山基準となった永山則夫の生涯に触れることをお許しいただきたい。

永山則夫が幼少時に受けた虐待は想像を絶するものがある。

永山は、一九四九年に北海道の網走刑務所のある網走市呼人（よびと）番外地に八人きょうだいの七番目、四男として生まれた。

父親は賭博に明け暮れ、金に困って家にあった米まで持ち出す。激しい夫婦げんかのなかで、長姉（当時二四歳）は統合失調症を発症して入院。

長男は付き合っていた女性に妊娠させ、その赤ん坊を母親に預けて家を飛び出す。父親と別居した母親は、魚の行商をして七人の子どもと孫一人を育てる。

しかし生活が困窮したため、母親は永山が五歳のときの十月、則夫を含む四人の子ども（次男、三男、三女）を残して青森県弘前市に近い実家に帰ってしまう。

残された四人は十二歳上の二女が新聞配達、二男、三男は屑拾いをして、餓死寸前の極貧の生活を送り、見かねた近隣の人が翌年の一九五五年の春、福祉事務所に通報したため、半年後に四人は青森の母親のもとに引き取られた。

永山は貧しさゆえに小学二年ころから、学校に行かなくなり、中学では服装が汚い、くさいとバカにされ友だちもできず、家に引きこもりがちになる。

家出を繰り返す則夫に兄たちはリンチを加えていた。

高度経済成長に突入していく日本の企業にとっては、地方の中学卒業生は「金の卵」と言われるほど、大切な労働力だった。

永山も集団就職の列車に乗って上京、就職するものの、人間不信から仕事が長続きせず、職場を転々としたあげく、船で海外へ密航しようとするが捕まってしまう。

そんななかで横須賀の米軍基地で盗んだピストルを身に付け、東京タワーから下を見下ろしたら、東京プリンスホテルのプールのブルーの色が目に入った。深夜、忍び込んだら警備員に発見され、もみ合っているうちピストルを発射してしまう。

三日後に京都の八坂神社で警備員を殺害、東京に住む兄に自首を勧められるが、自殺しようと生まれ故郷の北海道を訪れるが果たせず、函館、そして名古屋でタクシー運転手を襲い射殺して金を奪う。

永山は後日、自分の半生を振り返り、「死刑制度で自暴自棄になり、後の二件はムダな殺人だった」と記している。

読み書きも十分にできなかった永山は、刑務所内で出会った米軍基地闘争で収監中の東大生に「夜間高校に行って勉強しろ」と励まされ、東京拘置所で読み書きを習得、猛勉強を始め、自分の思いをつづった日記が『無知の涙』という本になり、ベストセラーにまでなった。

印税は四人の被害者遺族に送った。

マルクスの『資本論』やドストエフスキーの『カラマーゾフの兄弟』などを読み、一審の東京地裁ではほとんど語ることをしなかった永山だったが、東京高裁の段階では裁判官に対して「こういう事件が起きたのは、あの頃、俺は無知だったからだ。貧乏だから無知だったんだ」と、訴えるまでに成長した姿を見せるようになった。

永山の『無知の涙』を読んだ在米の日本人女性と文通を始め、やがて獄中結婚をする。八三年には小説『木橋』で日本文学賞を受賞。

東京高裁で無期懲役の判決が出て、永山は生きる希望を見出すが、最高裁で高裁判決が破棄され、東京高裁の控訴審判決で死刑の判決が下る。

八七年の東京高裁二次判決、九〇年の最高裁二次判決では「永山が極貧の家庭で出生し、両親から育児放棄され、両親の愛情を受けられないため自尊感情が形成できず、人生の希望が持てず、いじめで登校拒否となり、満足な学校教育を受けず、識字能力を獲得できずという家庭環境、教育環境の劣悪性は確かに同情、考慮に値するが、兄弟姉妹たち七人は犯罪者にならず、真面目に生活しており、成育歴の劣悪性が四人射殺の決定的要因とは認定できない」というのが死刑の理由だった。

永山は死刑が確定してからは、生きる希望を失い、妻とも離婚してしまう。小説家となった永山は獄中で次々と小説や詩集を発表していくが、九七年八月一日、東京拘置所で死刑が執行された。四八歳だった。

死刑執行前の六月二十八日に神戸連続児童殺傷事件の犯人として少年（当時十四歳十一カ月）が逮捕されていた。

最高裁で死刑が確定してからわずか九年で死刑が執行されたのは極めて異例である。

少年法の精神である更生可能性の「生き証人」である永山の存在は、凶悪犯罪の厳罰化の流れにブレーキがかかるのではないかと法務省が恐れたのではないだろうか。

少年の凶悪犯罪について厳罰化を推進しているのは法務省であり、法務省に操られているメディアだ。

トカゲのしっぽ切りのように弱いものを死刑にすることで、物事が解決することにはならない。

貧富の格差が拡大していくなかで、学校教育の根本的な見直し、虐待の連鎖を止めるセーフティーネットワークや地域共同体の再構築、そして少年法の理念を再認識することが、いま求められている。

この『ぼくたちやってない』が、その手がかり、きっかけになればと心から願ってやまない。『ぼくたちやってない』は、九三年に塀内夏子作画『勝利の朝』（小学館刊）の漫画となり、二〇一一年には文庫版で復刊されている。

二〇一二年六月一日　　　　横川　和夫

〈著者紹介〉

●**横川和夫**（よこかわ・かずお）1937年、小樽市生まれ。60年、共同通信社入社。72年に文部省（現文科省）を担当して学校教育のあり方に疑問を感じ、教育問題、学校や家庭から疎外された少年少女、さらには家族の問題を中心に、日本社会の矛盾が表出する現場を一貫して追い続けてきた。論説兼編集委員を経て現在はフリー・ジャーナリスト。著書・共著には、依存から自立へという人間の成長発達の基本を検証した「荒廃のカルテ＝少年鑑別番号1589＝」、現在の家庭と学校の抱える病巣を鋭く描いたベストセラー「かげろうの家＝女子高生監禁殺人事件＝」（共同通信社刊）、健全で理想的な家庭と見られる家に潜む異常性を暴いて話題となった「仮面の家＝先生夫婦はなぜ息子を殺したのか＝」（共同通信社刊）では93年度日本新聞協会賞を受賞。北海道・浦河で精神障害という病気をもった人たちが当事者性と自己決定力を取り戻していくプロセスを克明に追跡した「降りていく生き方」（太郎次郎社刊）などがある。

本書は、1992年5月に共同通信社より刊行された単行本に再編集と加筆修正を行い、復刊したものです。

ぼくたちやってない
――東京・綾瀬母子強盗殺人事件――

二〇一二年六月三〇日　初版発行

編著者　横川　和夫
　　　　保坂　渉
発行者　井上　弘治
発行所　**駒草出版**　株式会社ダンク　出版事業部
〒一一〇－〇〇一六
東京都台東区台東一－七－一　秋州ビル二階
ＴＥＬ　〇三（三八三四）九〇八七
ＦＡＸ　〇三（三八三一）八八八五
http://www.komakusa-pub.jp/

［ブックデザイン］　高岡雅彦
印刷・製本　モリモト印刷株式会社

ISBN 978-4-905447-03-0